I0685350

Chère Lectrice,

Le coup de foudre, l'irrésistible séduction, ce sont des choses qui existent.
Vous découvrirez en lisant ce volume de la Série Désir l'émoi délicieux d'une passion vécue à deux.
Vous adorerez sa troublante sensualité.
Duo connaît bien l'amour. Avec la Série Désir, vous vivrez l'inoubliable.

Désir, la série haute passion,
six romans par mois.

VOUS NOUS ÉCRIVEZ...

Pour moi, Duo, c'est comme un rêve merveilleux ...

Monique S. Rambervillers

Grâce au livre de la série Désir, « Dans l'Île de tes Bras », j'ai voyagé en Irlande et j'ai été passionnée par l'histoire de Cathleen et de Keith. Merci pour cet enchantement.

Maggy T. Reims

Bravo pour les romans de la collection Duo ! Chaque fois, je découvre une aventure différente, palpitante.

Aline D. Chalonnes-sur-Loire

Série Désir

EDITH ST. GEORGE

Comme un soleil dans la nuit

Duo

Les livres que votre cœur attend

Titre original : *Color My Dreams* (124)
© 1984, Edith G. Delatush
Originally published by Silhouette Books
a Simon & Schuster division of Gulf
& Western Corporation, New York

Traduction française de : Marc-Antoine Gallice
© 1985, Éditions J'ai Lu
27, rue Cassette, 75006 Paris

1

Julia déplaça légèrement le bronze équestre qui ornait le plateau de verre d'une table basse. Puis elle se recula pour juger de l'effet obtenu. L'équilibre entre la sculpture et la coupe d'ébène garnie de fleurs, qui lui faisait pendant, lui parut très harmonieux. Elle parcourut ensuite la pièce d'un regard attentif, constatant avec plaisir l'irréprochable ordonnance des lieux.

Une moquette blanche immaculée recouvrait le sol. Blancs aussi le sofa, les fauteuils et les murs. Sur ce fond lumineux, chaque objet se détachait, attirait le regard comme sous le feu de projecteurs. La jeune femme ne laissait rien au hasard. Jardinière chinoise en laque bleu nuit chargée de fougères, tableaux abstraits aux couleurs vives, tout avait été soigneusement choisi et disposé de façon à faire de ce magnifique studio surplombant Griffith Park un lieu raffiné et sophistiqué à l'image de Julia Stuart, sa propriétaire.

Elle jeta un coup d'œil à sa montre luxueuse et, s'apprêtant à sortir, accorda un dernier regard à la pièce. Son directeur, le célèbre marchand d'art William Cornell, apprécierait sûrement ce décor qui avait été élaboré avec sa constante approbation. Il devait rentrer le soir même d'un voyage dans le Pacifique et, sans nul doute, l'appartement de la jeune femme servirait de cadre à leurs retrouvailles.

— Beau temps, n'est-ce pas ? lui lança joyeusement le concierge quand Julia pénétra dans la luxueuse résidence qui abritait les locaux de la galerie Cornell, à Los Angeles.

— Magnifique !

Elle jeta un regard distrait vers le ciel. A vrai dire, elle ne se souciait du climat que pour déterminer le choix de sa tenue. Citadine invétérée, elle considérait la nature comme une étendue hostile qu'il fallait traverser pour se rendre d'un endroit civilisé à un autre. Elle ne se sentait à l'aise que dans un environnement urbain et il ne lui venait même pas à l'esprit qu'il pût en être autrement.

Avant d'entrer dans la galerie, elle marqua une pause pour lisser d'une main soignée la jupe de son élégant tailleur et rajuster les trois rangées de perles de son collier dans le décolleté discret de son chemisier. Elle avait acheté cet ensemble pour accueillir son patron. Elle contempla avec satisfaction le reflet que lui renvoyait la vitrine. Bien que classique, le vêtement de tweed crème mettait en valeur les courbes féminines de sa belle silhouette. William apprécierait cette élégance raffinée dont il était lui-même un fervent apôtre.

Elle vérifia ensuite son maquillage. Une touche de fard à joue, appliquée avec art, atténuait l'angle un peu trop volontaire de son menton. Un soupçon de khôl bleu faisait ressortir l'éclat myosotis de ses prunelles soulignées de longs cils recourbés. Un rien de poudre sur le nez suffisait à en estomper la courbe légèrement retroussée. Ses lèvres pleines et charnues, rehaussées par un rouge à lèvres incarnat, semblaient receler des trésors de sensualité. Avec sa chevelure aux reflets roux qui lui arrivait aux épaules, elle incarnait à la perfection le charme raffiné de la vie qu'elle avait choisie.

— Bonjour, Olga. Votre nouvelle robe est ravissante !

Le visage de la jeune réceptionniste s'éclaira d'un large sourire. Elle se tourna pour sortir d'un casier une pile de brochures sur différentes expositions en cours. Mais, déjà, Julia avait disparu dans son bureau, l'esprit entièrement occupé par l'organisation de sa journée de travail. William passerait-il à la galerie dès son arrivée ? Cette éventualité provoqua en elle un petit frémissement d'impatience.

La jeune femme ne prenait jamais de décision à la légère. Avant de se lancer dans une entreprise, elle en pesait toujours le pour et le contre. Ainsi, à vingt-neuf ans, elle savait ce qu'elle voulait. Avant son départ, William avait fait allusion à la possibilité d'une relation plus intime entre eux et, après mûre réflexion, la jeune femme considérait que ce projet était positif. Ils s'entendaient à merveille sur beaucoup de points. William ne vivait que pour son travail et Julia avait elle-même une haute opinion de sa tâche. Une aventure entre eux s'avérerait certainement bénéfique et, pourquoi pas, agréable.

Célibataire endurci, William ne semblait pas désireux de modifier ses habitudes en profondeur. Mais cette constatation ne dérangeait pas la jeune femme outre mesure. Elle-même n'envisageait de partager sa vie avec un homme que si de grands espaces de liberté lui étaient réservés. Elle avait un farouche besoin d'isolement et se réjouissait que William partageât son point de vue.

Après avoir classé le courrier, elle retourna dans la galerie pour régler quelques détails d'organisation avant le retour de son directeur. La pièce principale était longue et étroite, mais des cloisons la divisaient en petites loges qui permettaient de mettre en valeur le travail de chaque peintre.

William appréciait sa compétence professionnelle et s'en remettait entièrement à elle pour la partie administrative du travail, ce qui lui permettait de se consacrer à la recherche de talents nouveaux, rôle qui le passionnait. Son goût inné et son admirable flair avaient propulsé la galerie Cornell au premier rang et lui avaient permis de n'exposer que des œuvres de prestige et des artistes hors du commun. Pour un peintre, être admis à y présenter ses toiles constituait une indéniable preuve de réussite.

Julia était en grande discussion avec un visiteur quand un léger picotement l'avertit de l'arrivée de William. Elle se retourna pour constater que celui-ci échangeait avec Olga les salutations d'usage. Il leva les yeux et croisa son regard, puis hocha imperceptiblement la tête en signe de connivence. Ils avaient pour principe de ne jamais se déranger lors d'une vente en cours.

William flâna donc nonchalamment d'un tableau à l'autre. Mais il ne fallait pas s'y méprendre. Malgré sa mine détachée, il remarquait chaque toile remplacée et son œil exercé le renseignait sur la marche des affaires pendant ses trois semaines d'absence.

La jeune femme se laissa momentanément distraire de sa conversation pour admirer sa démarche élégante. Il portait un costume anthracite qu'il s'était certainement fait faire pendant son séjour aux Philippines. Sa minceur, qui confinait presque à la maigreur, allongeait sa silhouette en dépit de sa taille moyenne. Le soleil avait parsemé sa chevelure blonde de mèches plus claires. Son teint mat lui donnait une allure sportive et attestait des heures de plage qu'il avait dû généreusement s'octroyer.

Son visage impassible mettait la jeune femme sur le gril. Son voyage s'était-il avéré fructueux ?

Le client interrompit les songeries de Julia en lui posant une question. Elle se contraignit à lui accorder de nouveau son attention et parvint à conclure la vente en un temps record. Puis elle se hâta de rejoindre William dans son bureau.

— Je vous attendais plus tôt, déclara-t-elle d'un ton détaché.

Elle voulait lui cacher qu'elle avait été impatiente de le voir.

Il haussa les épaules.

— Il fallait bien que je redevienne présentable ! Quand je suis arrivé, je ressemblais à un sauvage. Une visite au sauna pour débarrasser mon organisme de tout le sel superflu, une séance de coiffure chez Jacques, et me voilà.

Julia réprima un sourire. Pour William, Jacques était le seul coiffeur qui fût digne de ce nom. Trois semaines sans recourir à ses soins avaient dû lui paraître bien longues.

— Comment votre voyage s'est-il passé ? se décida-t-elle enfin à demander.

— Pas mal.

Il posa sa mallette sur le bureau et en défit les fermetures, qui claquèrent avec un bruit sec. De toute évidence, il contenait son enthousiasme et la jeune femme réprimait mal sa hâte d'être mise au courant.

— Avez-vous réussi à entrer en contact avec Ramon Torquez ?

William avait découvert ce peintre grâce à une

brochure contenant les reproductions de plusieurs de ses œuvres. Immédiatement alerté, son sens artistique lui avait intimé l'ordre de s'intéresser à cet artiste inconnu, mais très prometteur. Le voyage dans le Pacifique sud devrait également lui permettre de vérifier le bien-fondé d'une rumeur flatteuse qui courait à propos d'un autre peintre résidant aux îles Fidji.

— Oui, et le déplacement en valait la peine. Il va nous envoyer une dizaine de toiles. D'ailleurs, je pense qu'il serait souhaitable de lui consacrer une exposition le plus vite possible.

— Avez-vous remporté le même succès aux Fidji ?

Visiblement, William gardait cette information pour la fin. Il entreprit d'extraire de sa mallette ce qui semblait être un tableau soigneusement emballé.

— Tournez-vous, lui ordonna-t-il.

Julia constata à sa grande stupéfaction que les mains de son patron tremblaient. Mais, connaissant le goût de William pour les coups de théâtre, elle obéit et se résigna à attendre qu'il ait fini d'installer la surprise sur un chevalet. Combien de fois l'avait-elle vu procéder de la sorte pour convaincre un acquéreur hésitant, ménager un suspense dramatique et assener l'argument décisif au moment opportun ?

— Maintenant, dit-il.

Elle se tourna, vibrante de curiosité, et fut bouleversée par le spectacle qui lui était offert. Elle s'attendait à admirer un de ces portraits aux subtiles nuances qui avaient fait la renommée de Philip Holt. Mais, au lieu de cela, elle se trouva brutalement confrontée à une débauche de couleurs qui la percuta, la bouscula, et elle referma les bras sur sa poitrine comme pour se protéger du trouble que le tableau suscitait en elle.

Jamais elle n'avait été aussi émue par une toile,

10

jamais elle ne s'était sentie interpellée avec une telle force. C'était comme si elle se retrouvait soudain sur une autre planète, dans un autre univers, sans points de repère pour s'orienter...

2

Julia parvint tant bien que mal à détourner son attention du tableau et rencontra le regard satisfait de William. Elle baissa les paupières en priant de tout son cœur pour qu'il n'ait pas remarqué le choc que l'œuvre venait de provoquer en elle. Mais les couleurs agissaient comme un aimant sur ses sens et elle se surprit à les contempler de nouveau. Cependant, elle en connaissait maintenant le pouvoir et réussit à garder son sang-froid.

— Où avez-vous déniché ce peintre ? demanda-t-elle d'un ton qui se voulait enjoué. J'espère que vous lui avez fait signer un contrat avant que tout le monde ne se l'arrache !

De l'index, William indiqua le bas de la toile.

— Jetez un coup d'œil à la signature.

La jeune femme approcha le visage et tenta de déchiffrer le nom que William lui désignait.

Devant la calligraphie familière du P et du H, elle eut une moue incrédule. Cette œuvre magistrale n'avait rien à voir avec les portraits aux teintes délicates que Philip Holt affectionnait ordinairement !

— De qui s'agit-il ? demanda-t-elle sur un ton où perçait une soudaine irritation.

Philip Holt ne pouvait plus travailler et personne n'avait le droit d'usurper sa signature !

— Mais de Philip Holt, bien sûr !

Elle se souvint de son entrevue avec le peintre, deux ans auparavant. Il avait organisé une exposition de ses meilleures réalisations et Julia s'était rendue exprès à San Francisco pour les admirer. En qualité de sous-directrice de la célèbre galerie Cornell, il ne lui avait pas été difficile de le rencontrer.

Il mesurait plus d'un mètre quatre-vingts et son smoking noir mettait en valeur sa beauté virile. Ses cheveux bruns bouclés balayaient le col de sa chemise blanche et la courte barbe qui lui couvrait le menton ne parvenait pas à effacer la sensualité de sa bouche. Son regard noir semblait la transpercer et, sous sa flamme, elle comprit l'étrange pouvoir qui permettait à cet homme d'ordonner à ses modèles de lui livrer le meilleur d'eux-mêmes. Elle éprouva une soudaine envie de connaître la femme qui, disait-on, partageait sa vie. Comment pouvait-elle résister à la volonté qu'on lisait dans ses prunelles sombres ?

Après l'échange habituel de banalités, elle se mêla à la foule pour admirer les toiles et remarqua qu'il la suivait des yeux. Elle oublia bientôt sa présence pour se plonger dans la contemplation de son œuvre qui était véritablement fascinante. Quelques semaines plus tard, elle apprit que sa vue baissait et en fut véritablement consternée.

La voix de William interrompit ses rêveries.

— J'ai réussi à suivre sa trace jusque sur un îlot perdu où il vit en ermite. Ses dernières créations m'ont littéralement époustouflé. J'ai tenté de le convaincre de réintégrer la civilisation, mais je

14

crains qu'il ne m'ait fait ce cadeau dans le seul but de se débarrasser de moi.

Il marqua une pause et fixa son assistante en pinçant les lèvres d'un air décidé.

— Il y avait toute une série de toiles entassées dans un coin. Dès que mes concurrents verront celle que j'ai ramenée, ils vont se ruer chez lui. Mais c'est moi qui les ai découvertes et je n'ai pas l'intention de les laisser m'échapper. Il faut que vous vous rendiez sur place pour conclure l'affaire. Votre avion part dans dix jours.

Julia lui lança un regard incrédule.

— Comment ?

Elle adorait voyager, bien sûr, mais seulement dans les meilleures conditions de confort et de sécurité. Pour elle, les îles Fidji n'étaient que d'hostiles formations volcaniques perdues dans le Pacifique, grouillantes d'insectes et peuplées de sauvages malveillants.

— Pourquoi moi ?

— Parce que vous êtes très jolie et que Holt vit en solitaire depuis deux ans, avoua-t-il sans détour.

L'insinuation fit sursauter la jeune femme.

— Vous ne suggérez tout de même pas...

Il eut un geste d'apaisement.

— Non, je ne vous demande pas de le séduire. Mais cet homme n'a pas vu de femme depuis une éternité. A mon avis, il sera plus favorablement disposé à votre égard qu'au mien.

Il soutint résolument son regard.

— J'ai eu de nombreuses occasions de me féliciter de vos talents de négociatrice. Vous êtes très perspicace et persuasive. Croyez-moi, j'ai tout fait pour convaincre Holt. J'espère avoir un peu ébranlé ses certitudes. Seul votre charme est capable de venir à bout de ce travail ; nous ne pouvons pas nous permettre de négliger cet atout. Je veux absolument le voir figurer sur notre catalogue !

La lueur qui dansait dans ses prunelles en disait long sur sa détermination. Julia le connaissait suffisamment pour savoir que rien ne le ferait changer d'avis.

Le téléphone sonna et William décrocha. La jeune femme profita de cette diversion pour s'éclipser.

Bien que son indignation ne fût pas tout à fait calmée, elle commençait à admettre le point de vue de William. N'était-elle pas passée maître dans l'art de convaincre les acheteurs indécis ? Elle percevait intuitivement le point faible de son interlocuteur et redressait souvent des situations à première vue fort compromises. Alors, pourquoi s'offusquer de ce qu'il accordât plus d'importance aux affaires qu'aux sentiments ? Cela signifiait seulement qu'il appréciait sa compétence. D'ailleurs elle n'avait jamais envisagé qu'ils puissent s'éprendre profondément l'un de l'autre. Ils étaient beaucoup trop sages et posés pour en arriver à de telles extrémités.

C'est alors que son attitude devant le tableau lui revint en mémoire. Elle n'avait jamais réagi aussi passionnément devant un être ou un objet et ne soupçonnait même pas que cela pût lui arriver. Pendant un court instant, son être raisonnable et mesuré avait été bouleversé par des forces obscures qui l'avaient totalement prise au dépourvu.

La jeune femme se mit à analyser sa conduite comme pour exorciser cette emprise inexplicable, et se justifia en songeant qu'elle était tendue à cause du retour de William et avait été surprise par la nature inhabituelle de la toile. Et puis la couleur exerçait sur elle une fascination dont cette expérience spectaculaire ne fournissait qu'une preuve supplémentaire. Toutes ces excuses étaient plausibles ; pourtant, aucune ne la satisfaisait vraiment. Un frisson la parcourut au souvenir de l'émoi extraordinaire qui s'était subitement emparé d'elle. Elle imaginait bien ce qu'avait pu ressentir William, lui qui se passionnait depuis toujours pour l'art abstrait, quand il avait contemplé ce chef-d'œuvre pour la première fois. Dire qu'il avait eu sous les yeux toutes les toiles de Holt ! Cette pensée provoqua en elle un petit pincement de jalousie.

Elle réprima son désir de regarder une nouvelle fois le tableau, remettant à plus tard cette confrontation dans l'espoir que sa sensibilité enfin apaisée lui permettrait de le détailler d'un œil serein. Elle ne parvenait pas à chasser la toile de son esprit. Aussi, quand William lui demanda de livrer une petite statue à un client, fut-elle heureuse de fuir sa présence obsédante.

Cet intermède lui fit le plus grand bien et, quand elle revint à la galerie, elle s'était complètement ressaisie. Comment avait-elle pu laisser une peinture la bouleverser à ce point ?

Elle pénétra dans le bureau de William, bien décidée à ne plus céder à la fascination exercée par l'œuvre d'art. Mais le chevalet était vide.

— Qu'en avez-vous fait ? demanda-t-elle en essayant tant bien que mal de cacher sa déception.

— Je l'ai donnée à encadrer.

Il se renversa en arrière et la regarda d'un œil approbateur.

— Toute cette paperasserie ne m'a pas encore donné le temps de vous faire des compliments sur votre nouveau tailleur. Vous êtes plus ravissante que jamais. Si nous dînions ensemble ce soir ? Vous pourriez me mettre au courant de ce qui s'est passé en mon absence. Et puis, nous avons des choses sérieuses à nous dire.

Il ne croyait pas si bien dire. Elle n'avait pas voulu le déranger jusqu'à maintenant mais, s'il supposait qu'elle allait accepter de partir aux Fidji sans protester, il fallait le détromper !

Quand il arriva chez elle, elle lui offrit un Martini comme il les aimait, avec deux glaçons et un zeste de citron. Il portait un magnifique costume trois-pièces, une chemise en soie jaune pâle et une cravate aux tons sobres. Son élégance raffinée s'harmonisait merveilleusement avec le décor et la jeune femme fut une nouvelle fois sensible à son charme.

Depuis trois ans qu'ils travaillaient ensemble ils avaient appris à se connaître et à s'apprécier. Ils évoluaient avec aisance dans un monde dont ils connaissaient parfaitement les règles. Ils partageaient la même répugnance pour une vie éloignée de leur environnement citadin. D'ailleurs, si William avait pris grand plaisir à voyager aux îles Fidji, il ne tenait pas à y retourner et préférait que la jeune femme s'y rendît à sa place. Un voyage dans l'année lui suffisait amplement. Mais Julia n'avait pas la moindre envie de visiter un pays étranger... Puis elle se souvint de l'éclair de convoitise qu'elle avait lu dans son regard à l'évocation des toiles auxquelles il avait dû renoncer et elle poussa un faible soupir. Peut-être se laisserait-elle convaincre...

Durant tout le dîner au restaurant, elle respecta le besoin de détente de son directeur et attendit qu'ils fussent de retour à son appartement pour aborder le sujet. Elle lui servit son digestif préféré. Le repas succulent et copieusement arrosé avait eu raison de la tension nerveuse accumulée pendant la journée et il entama lui-même la conversation en lui suggérant d'un ton badin de se munir d'un maillot de bain.

— Un maillot de bain ? Vous n'imaginez tout de même pas que je considère cette corvée comme une partie de plaisir ?

Il posa sur elle un regard nonchalant, admirant la finesse de sa silhouette mise en valeur par un fourreau de soie noire.

— Cette robe vous va à ravir, ma chère, rétorqua-t-il galamment. Mais je suis sûr que vous ne seriez

18

pas moins séduisante en maillot de bain. Je me suis souvent félicité d'en avoir pris un moi-même. Ces lagunes turquoise et ces plages désertes ont un je-ne-sais-quoi...

Julia n'en croyait pas ses oreilles. Etait-ce bien William qui évoquait ces endroits sauvages avec des accents nostalgiques ?

— De grâce ! Vous savez bien que je n'aime pas les hauts lieux touristiques !

— Mais vous adorerez celui-ci ! Il y a si longtemps que vous n'avez pas pris de vacances. Profitez-en...

— Si je comprends bien, ma mission risque de prendre du temps. Philip Holt aurait-il montré certaines réticences à nous prêter ses œuvres ?

William prit un air contrit.

— Il semble s'être merveilleusement adapté au pays. Cela semble extraordinaire quand on se souvient de la popularité qu'il avait ici. Ses toiles se vendaient à des prix exorbitants.

Julia ne l'ignorait pas et estimait que la qualité de ses œuvres en justifiait le prix très élevé.

— Je croyais qu'il s'était retiré parce qu'il ne pouvait plus peindre. Les résultats de votre voyage démentent la rumeur.

— Hélas ! Il ne fait plus de portraits ! Sa vue est probablement insuffisante pour lui permettre de traduire les délicates nuances qui l'ont jadis rendu célèbre.

— Quelle chance qu'il ait adopté un nouveau style ! Il devrait lui apporter un succès au moins égal.

— D'autant que sa production sera nécessairement limitée. Il n'a pas abordé le sujet, mais je ne crois pas me tromper en affirmant que son mal s'aggrave et que, bientôt, il sera contraint d'arrêter de peindre.

En apprenant la nouvelle, une grande tristesse

envahit Julia. Qu'adviendrait-il de cet homme autrefois si célèbre lorsqu'il lui faudrait renoncer à son art ?

De nouveau, la jeune femme se sentit gagnée par une émotion irrépressible. Elle en fut stupéfaite. Elle, d'ordinaire si réservée ! Pourquoi les malheurs d'un étranger l'affectaient-ils ainsi ?

Trop émue pour rester en place, elle se leva et se dirigea vers la véranda qui surplombait le parc. Elle avait besoin de se retrouver seule pour mettre de l'ordre dans ses idées.

— Je sais que vous avez eu une journée chargée et je ne veux pas vous retenir plus longtemps.

Elle ne songeait plus le moins du monde à ses projets de mariage avec William et elle l'entendit à peine lui souhaiter bonsoir. Toutes ses pensées allaient vers cet homme seul sur une île perdue et qu'une toile lui avait fait connaître.

Elle avait tacitement accepté le voyage aux îles Fidji, comme si le destin lui-même avait décidé de sa rencontre avec Philip Holt...

3

Julia observait pensivement les nuages à travers le hublot. L'avion amorça sa descente et elle attacha sa ceinture de sécurité. Elle découvrait l'immensité de l'océan, gigantesque surface d'un bleu profond que l'écume blanche mouchetait de point en point. Deux îles montagneuses émergeaient de cette étendue liquide, entourées de petits atolls dont faisait partie l'archipel des Fidji. Le bruit sourd du train d'atterrissage l'avertit que l'arrivée à l'aéroport de Nandi était maintenant imminente.

A la sortie de l'avion, une chaleur suffocante s'abattit sur elle, qui lui rendit la respiration difficile. Elle récupéra ses bagages et passa le contrôle de la douane, impatiente de se réfugier dans une chambre d'hôtel climatisée.

Elle prit place dans un taxi, maudissant la vétusté du véhicule, et se résigna à supporter cette situation inconfortable. Cependant, la voiture était propre et son conducteur d'une jovialité débordante. Mais pourquoi avait-il ouvert les quatre fenêtres ? Les courants d'air la décoifferaient et la poussière salirait sa tenue irréprochable.

Comment ai-je pu accepter cette expédition ? se demanda-t-elle pour la centième fois avec une mauvaise humeur croissante.

Pendant ces dix derniers jours, son humeur avait oscillé entre la fébrilité et la consternation. Certes, elle mourait d'envie de rencontrer Philip Holt et l'idée de cette entrevue la faisait fourmiller d'impatience. Mais, d'un autre côté, comment avait-elle pu être assez stupide pour accepter de quitter, même pour quelques jours, le havre paisible de son appartement ?

Sans doute, la satisfaction d'avoir restitué au célèbre artiste une renommée qui n'aurait jamais dû le quitter la récompenserait-elle de sa peine. Bien sûr, il ne réaliserait plus les mêmes tableaux qu'auparavant, mais elle se faisait fort de le rendre aussi célèbre pour sa peinture abstraite qu'il ne l'avait été pour ses portraits.

De son point de vue, le succès de sa mission ne faisait aucun doute. Après une si longue réclusion, Holt avait probablement hâte de retrouver l'adulation du public. Ses amis l'avaient toujours admiré et ils lui réserveraient certainement un accueil triomphal. Elle se souvint de la façon qu'il avait de marcher la tête haute, comme s'il était conscient de l'auréole de gloire qui lui ceignait le front.

Pour la première fois, elle songea à sa mystérieuse compagne. L'avait-elle suivi dans son exil ? Non, William aurait certainement fait allusion à elle. Philip Holt avait-il provoqué la rupture quand il avait appris le mal dont il souffrait ? Il ne lui venait pas à l'esprit qu'une femme puisse quitter de son propre chef un homme aussi séduisant, aussi fascinant.

Perdue dans ses pensées, elle ne s'était pas rendu compte qu'elle était arrivée devant son hôtel. Elle

22

avait choisi cet établissement parce qu'il se trouvait à proximité de l'aéroport mais ne comptait pas y passer plus de deux nuits. A sa grande surprise, elle le trouva fort agréable et en fut soulagée, épuisée qu'elle était par le long voyage et le décalage horaire. Le bain tant attendu la rafraîchit et la délassa. Elle n'eut pas le courage de se préparer à dîner dehors, et se fit monter un repas dans sa chambre. Après s'être rapidement restaurée, elle céda à l'irrésistible appel d'un bon lit douillet et se coucha voluptueusement.

Le lendemain matin, Julia se sentait reposée et en état d'affronter les difficultés que n'allait pas manquer de soulever sa rencontre avec Philip Holt. William lui avait appris qu'il vivait dans une petite île appelée Yatiki, située dans l'archipel des Yasawa et qui s'étendait en un fin croissant à l'ouest de Viti Levu, l'île principale des Fidji. Mais Philip n'avait rien laissé au hasard pour assurer son isolement : Yatiki était tellement minuscule que son nom ne figurait même pas sur la carte ! Elle ne disposait donc que de très peu d'informations ; l'atoll se trouvait à une centaine de kilomètres de Nandi et un petit hydravion assurait la liaison entre les deux îles.

C'était ce moyen de locomotion qu'avait emprunté William. Arrivé à bon port, il lui avait fallu une dizaine d'heures pour convaincre l'artiste de lui confier une de ses toiles. A l'en croire, Philip Holt serait prêt à accepter les propositions de Julia. William n'aurait jamais financé cette nouvelle expédition sans de bonnes raisons de croire à son succès.

La jeune femme ne doutait d'ailleurs pas de ses propres capacités. Elle saurait montrer l'habileté et le tact nécessaires pour donner une fois de plus satisfaction à son directeur. Plus grand était le défi, plus glorieuse serait la victoire. La jeune femme vibrait d'enthousiasme en imaginant les heures qui allaient suivre.

Elle savait, par William, qu'il n'y avait pas d'hôtel à Yatiki. Il importait donc qu'elle s'acquittât de sa mission dans les plus brefs délais, car l'idée d'avoir à faire la navette entre les deux îles dans un minuscule avion ne l'enchantait guère.

Elle se fit servir un petit déjeuner et but un café et un jus d'orange. Puis elle choisit la tenue qui lui semblait la plus appropriée. Un ensemble infroissable de couleur pêche lui parut le mieux adapté à la marche qu'elle devrait accomplir pour se rendre jusqu'au domicile du peintre. Si des atours plus féminins s'avéraient nécessaires, elle y retournerait le jour suivant avec sa robe en shantung jaune safran qui mettait merveilleusement en valeur son teint de lys et ses yeux pervenche.

Quand elle s'approcha du bureau pour demander à qui elle devait s'adresser pour louer une place dans l'hydravion, le réceptionniste ne cacha pas l'admiration qu'il éprouvait devant son élégance.

— Luvi est votre homme, lui déclara-t-il avec un large sourire. Il possède un petit appareil. Un avion plus grand ne pourrait pas se poser là-bas ; le port est trop étroit et il n'y a pas de passerelle d'accès. Voici son numéro de téléphone.

Ses yeux expressifs en disaient long sur son étonnement de voir une jeune femme tellement chic se rendre dans un coin aussi perdu. Puis il haussa les épaules avec résignation ; les touristes étaient tellement étranges !

— La cabine est là-bas, ajouta-t-il.

Julia le rejoignit bientôt, une expression de contrariété peinte sur le visage. L'avion de Luvi était en panne et il fallait attendre pour le réparer qu'une pièce détachée parvienne de Nouvelle-Zélande. Apparemment, cet empêchement ne tour-

24

mentait guère le pilote, qui lui avait demandé de rappeler dans quelques jours.

Quelques jours ! maugréa-t-elle pour elle-même. Elle avait bien l'intention d'avoir réintégré le confort de la civilisation d'ici là !

— Alors, l'avion n'est pas encore réparé ? s'enquit le réceptionniste d'un ton compatissant. Peut-être trouverez-vous un petit bateau qui pourra vous déposer ? s'empressa-t-il d'ajouter pour la consoler. Les grands navires ne peuvent mouiller à Yatiki à cause de la barrière de récifs qui protège le lagon mais des pêcheurs pourront vous accompagner.

— J'ai bien peur de ne pas avoir le choix.

Julia suivit les instructions qu'il lui donnait pour se rendre au port. Sur le quai, elle observa d'un œil consterné les embarcations qui y étaient amarrées. Comment pourraient-elles traverser l'immense étendue d'eau qui la séparait de sa destination ?

Le Pacifique portait bien mal son nom. De l'écume blanche couronnait à perte de vue une crête de vagues menaçantes. Il était hors de question qu'elle confie sa vie à ces frêles esquifs dont les dimensions paraissaient de plus en plus ridicules au fur et à mesure qu'elle les contemplait !

La chaleur et la déception l'accablaient. Elle se laissait aller au découragement quand, soudain, son attention fut attirée par un caquetage furieux. Un indigène acheminait un cageot de poulets vers un steamer rongé par la rouille, qui se balançait mollement au bout de son câble d'amarrage.

Comme beaucoup de Mélanésiens, le garçon était grand et il dressait fièrement la tête en se déplaçant avec une grâce naturelle. Il portait un jean délavé et son torse nu laissait voir des muscles bien dessinés qui se contractaient au rythme de ses mouvements sans que son visage ne trahisse le moindre signe d'effort.

Julia se réfugia à l'ombre d'un arbre et observa le garçon avec intérêt. La scène aurait intéressé un peintre et la jeune femme se demandait quel tableau il en aurait fait. L'indigène héla joyeusement l'équipage du bateau avant de monter à bord.

Julia comprit que le bâtiment devait desservir toutes les îles avoisinantes. Si elle voulait s'acquitter de sa tâche le plus vite possible, elle n'avait probablement pas d'autre choix que de s'embarquer à son tour. Bien que l'aspect du rafiot ne lui inspirât pas vraiment confiance, elle supposa qu'il était suffisamment solide pour résister aux assauts de l'océan dont les rouleaux venaient se briser en mugissant contre les récifs qui délimitaient l'entrée du port.

Elle chercha vainement des yeux un guichet susceptible de vendre des billets, et dut se rabattre, en désespoir de cause, sur l'homme qui, depuis la timonerie, surveillait le chargement des colis. Il portait une casquette de capitaine toute défraîchie et Julia s'avança vers lui d'un air déterminé, marchant avec précaution le long du ponton aux planches disjointes afin d'éviter que ses talons ne s'encastrent entre les lattes de bois.

Un mélange d'odeurs puissantes vint lui chatouiller désagréablement les narines. La chaleur écrasante du soleil constellait son visage de gouttelettes de transpiration et la jeune femme trouvait la situation tout à fait inconfortable. Elle allait battre en retraite, quand le capitaine l'interpella.

— En quoi puis-je vous être utile ?

Elle s'entendit répondre presque malgré elle :

— Passez-vous par les îles Yasawa ?

Il s'approcha d'elle pour dominer de la voix les bêlements de chèvres et les piaillements de poulets qui faisaient un vacarme assourdissant.

— Oui, mais nous ne sommes pas les seuls.

Il semblait visiblement désolé d'avoir à renoncer à une passagère aussi charmante.

— Je me suis renseignée et aucun bateau ne fait escale à Yatiki. Peut-être y allez-vous ?

Elle souhaitait presque qu'il la détrompât.

Il haussa un sourcil étonné puis hocha lentement la tête.

— Oui, chaque fois que nous avons quelque chose ou quelqu'un à y débarquer.

Elle rassembla tout son courage et tenta d'oublier la méfiance que lui inspirait le steamer avant de déclarer :

— Il faut que j'y aille aujourd'hui. Pouvez-vous m'y déposer ?

Elle espérait en son for intérieur que William apprécierait ce qu'elle acceptait d'endurer pour lui !

— Mais certainement. Dépêchez-vous d'aller chercher vos bagages, nous appareillons bientôt.

— Je n'ai rien à emporter.

Le marin lui fit signe de monter et il l'aida à enjamber le vide qui séparait le quai du pont d'embarquement.

Il se dégageait une telle odeur du bâtiment que la jeune femme blêmit.

— Les senteurs sont fortes, admit le capitaine en riant de son air horrifié. Mais venez dans la timonerie avec moi, vous y serez mieux. Le vent du large empêche les odeurs de monter jusque-là.

Il la guida à travers une foule bigarrée de passagers qui lui jetaient des regards curieux mais bienveillants.

Elle le suivit de bonne grâce jusqu'au poste de pilotage et il l'invita à s'asseoir sur une banquette en cuir craquelé avant d'aller superviser les manœuvres de départ.

Elle en profita pour s'essuyer le visage à l'aide d'un mouchoir en papier et retoucher son maquillage qui en avait bien besoin.

Un quart d'heure plus tard, la brise marine tant attendue lui emplissait agréablement les poumons tandis que le bateau voguait en se balançant au gré des flots vers sa première étape. Mais, malheureusement, le mal de mer n'épargna pas la jeune femme qui fut prise de violentes nausées. Ce maudit îlot était-il encore loin ?

— Combien de temps dure la traversée ? demanda-t-elle au capitaine avec une impatience mal contenue.

Ce dernier haussa les épaules.

— Tout dépend de ce que nous aurons à charger en route. Le retour est en général plus rapide.

Elle en rendit grâce au ciel. Déjà, la perspective de la douche bienfaisante qu'elle prendrait le soir même à l'hôtel lui semblait providentielle.

Mais en attendant, la traversée lui était extrêmement pénible. Le bateau était ballotté par les vagues comme une coquille de noix et son moteur poussif dégageait une épaisse fumée noire qui s'engouffrait dans les fenêtres sans vitres de la timonerie. Il lui fallait en plus supporter l'incessant bavardage du capitaine qui la pressait de questions sur les motifs de son voyage.

— Prochain arrêt, Yatiki ! annonça-t-il joyeusement tandis que le bateau quittait une fois de plus les eaux calmes d'un petit port pour affronter le roulis du grand large.

Le soulagement de la jeune femme fut de courte durée, car un homme d'équipage fit irruption dans la cabine, muni d'un plateau chargé de café et de poissons frits dont le fumet lui parut insupportable. De sa vie, elle ne s'était sentie aussi mal et elle n'accordait pas la moindre attention aux îlots que croisait le steamer. Elle n'aimait la nature que revue et corrigée par l'œil de l'artiste. De toute façon, son état ne lui permettait d'apprécier ni les magnifiques camaïeux de bleus qui se dessinaient sur la mer, ni la palette des verts qu'offrait la végétation luxuriante des atolls.

Elle passa la dernière heure de traversée, clouée sur un fauteuil, la tête rejetée en arrière et les paupières baissées, évitant tout mouvement, inspirant profondément l'air du large. Elle aurait volontiers troqué son salut éternel contre un bon lit et une douche froide ! Enfin, le ralentissement du moteur l'avertit que l'arrivée était proche.

Quelle ne fut pas sa déception quand elle apprit que le bateau ne pouvait accoster ! Une barrière de récifs interdisait l'approche de l'île, lui expliqua le capitaine tandis qu'elle réglait le prix du voyage. Elle allait devoir rejoindre la terre ferme à l'aide d'un canot à rames qu'on mettait à la mer à son intention.

Sans se soucier des embruns qui lui fouettaient le visage, elle s'accrocha désespérément aux rebords de l'embarcation que le marin manœuvrait habilement entre les rochers.

Le canot s'échoua enfin au bord de la plage et l'homme souleva la jeune femme dans ses bras pour l'aider à franchir les quelques mètres qui les séparaient encore dc la côte.

— Le capitaine a dit qu'il passerait vous prendre dans quinze jours ! lui lança-t-il en poussant l'embarcation dans des eaux plus profondes avant de se hisser lestement à bord.

La jeune femme resta muette de stupeur. Le temps qu'elle se ressaisisse, le marin était déjà loin. Elle avait dû mal comprendre ! L'idée d'avoir à effectuer une nouvelle fois la traversée l'inquiétait déjà suffisamment sans que s'y ajoute, en plus, la perspective terrifiante de passer ne fût-ce qu'une seule nuit dans cet endroit du bout du monde !

— *Ni sa bula.*

Cette formule de politesse prononcée d'une voix accueillante l'obligea à se retourner. Elle se trouva nez à nez avec un groupe de Mélanésiens, que son arrivée intriguait visiblement. Les sourires chaleureux qu'ils lui adressaient témoignaient de leur bienveillance. Un grand gaillard aux cheveux grisonnants, de toute évidence le porte-parole, répéta les mots de bienvenue et attendit patiemment qu'elle se décidât à y répondre.

L'idée qu'ils ne parlaient probablement pas sa langue effleura soudain Julia.

— Je voudrais voir Philip Holt, déclara-t-elle en articulant exagérément chaque mot. Y a-t-il un taxi — vous savez, une automobile — qui pourrait me conduire jusqu'à lui ?

Les visages s'illuminèrent et elle eut soudain envie de pleurer de joie ; heureusement, ils la comprenaient !

— Ah ! Notre ami Philip, déclara le vieillard en souriant de toutes ses dents. Il habite de l'autre côté de l'île. Mais nous n'avons pas de voiture ici. Nous n'en avons pas besoin. De toute façon, il n'y a pas de route.

Cette dernière affirmation déclencha l'hilarité générale. Julia parvint à esquisser un faible sourire. Une jeune fille élancée s'avança vers elle.

Ses grands yeux sombres exprimaient le plus profond désarroi.

— Vous êtes venue chercher Philip ? Prenez ce sentier, dit-elle en désignant du doigt un chemin qui s'enfonçait entre les cocotiers. Il vous conduira chez lui, à sa *bure*.

Puis elle disparut dans une des cases au toit de chaume qui se dressaient à l'ombre des palétuviers. Apparemment, l'arrivée impromptue de Julia ne lui faisait pas plaisir. Mais pour quelle mystérieuse raison ?

— Vous n'avez pas de bagages ? remarqua le porte-parole avec surprise. Les étrangers en ont toujours des tas !

30

Sa réflexion bouleversa la jeune femme. Si le capitaine avait dit vrai, elle resterait ici deux semaines. Comment survivrait-elle sans le moindre vêtement de rechange ? Mais Philip avait certainement un émetteur-récepteur grâce auquel elle pourrait lancer un message et sortir de ce mauvais pas. Quant au silence de William sur les épreuves qu'elle aurait à endurer, il y avait beaucoup à dire et matière à la faire réfléchir. Jamais il n'avait fait allusion à la possibilité qu'elle se retrouve bloquée sur cet îlot perdu. Elle le voyait tout à coup sous un jour nouveau et peu flatteur...

— Je peux vous guider, lui proposa le vieillard en remarquant son air de détresse.

— Je vous remercie, je m'en sortirai toute seule.
Elle se força à lui décocher un sourire.

Je n'y arriverai jamais, maugréait-elle une demi-heure plus tard tandis qu'elle cheminait péniblement le long de l'étroit sentier. Si elle s'en sortait vivante, William passerait un mauvais quart d'heure...

« Vous êtes une femme d'affaires remarquable », lui avait-il confié d'une voix mielleuse. « Si vous ne parvenez pas à convaincre Philip de revenir parmi nous, tâchez au moins d'obtenir sa promesse de me réserver l'exclusivité de ses tableaux. »

Elle s'arrêta et s'appuya à un arbre afin de retirer de sa sandale un éclat de coquillage. A en croire William, l'affaire allait se traiter autour d'une bonne bouteille dans le salon climatisé du peintre ! Et voilà que cette jeune fille lui apprenait qu'il vivait dans une simple *bure*, une case de paille ! Elle fulminait littéralement !

Dix minutes plus tard, la fatigue eut raison de sa colère. Ses ravissantes sandales italiennes, parfaitement adaptées à la moquette épaisse de la galerie, se révélaient insuffisantes pour protéger ses pieds des coraux et des coquillages du chemin. La chaleur était suffocante. Elle avait l'impression que le soleil la brûlait ; bien qu'elle s'efforçât de progresser à l'ombre des arbres, la sueur lui piquait les yeux. L'inconfort qu'elle avait enduré sur le bateau n'était rien, comparé à la torture qu'elle subissait maintenant. Ses vêtements ne la protégeaient pas le moins du monde contre le soleil, mais se transformaient au contraire en véritable étuve.

Elle leva le visage et s'aperçut qu'elle avait atteint l'autre versant de l'île. Un magnifique lagon bleu turquoise s'étendait à ses pieds. Elle se mit à courir pour se précipiter dans l'eau et se laisser aller à ses caresses rafraîchissantes. Son esprit engourdi se réveilla soudain sous la morsure vivifiante des flots.

— Non ! s'écria-t-elle horrifiée.

Comment avait-elle pu oublier tout bon sens au point de se jeter habillée dans la mer ? Elle sortit de l'eau en titubant et regarda avec consternation ses habits trempés. D'une main tremblante, elle écarta les mèches mouillées qui lui tombaient sur le visage. C'est alors qu'elle remarqua deux têtes brunes qui fendaient la surface lisse du lagon.

Elle les vit se diriger vers la rive et sursauta quand elle constata qu'il ne s'agissait pas de deux indigènes, mais d'un labrador et d'un homme blanc. Le chien prit pied sur la plage, s'ébroua énergiquement, puis se retourna pour regarder l'homme nager vers lui.

Ce dernier sortit lentement de l'eau, comme s'il répugnait à quitter cet élément bienfaisant. Ses longs cheveux, ramenés en arrière par les vagues, lui descendaient jusqu'aux épaules. Une barbe mouillée lui cachait le visage. Il se dressa de toute sa hauteur et délia ses larges épaules avant de pivoter sur lui-même pour effectuer un dernier plongeon. Le chien jappa d'inquiétude et l'homme le rassura de la voix. Puis il le rejoignit et lui donna une tape affectueuse.

Il était entièrement nu et le sens esthétique de Julia ne put rester insensible devant ce corps magnifique. Ses longs muscles fermes roulaient sous sa peau bronzée et luisante d'eau de mer tandis qu'il flattait gentiment les flancs de l'animal.

Elle s'avança vers eux et le chien réagit immédiatement en émettant un grondement sourd qui la figea sur place.

— Qui est là ?

Elle ne répondit pas.

— Je sais qu'il y a quelqu'un. Si vous ne venez pas, j'envoie Baylor vous chercher.

La menace décida Julia à fouler le sable brûlant pour les rejoindre. Elle lança au chien un regard apeuré. Il ne bougeait pas et grognait en montrant des crocs hargneux. Elle dut faire un effort surhumain pour détacher ses yeux de la bête et les poser sur le maitre. Il se dressait à ses côtés, fier et hautain, apparemment indifférent à sa nudité.

Il avait les cheveux plus longs que dans son souvenir et sa barbe n'était pas taillée mais la jeune femme comprit qu'elle avait enfin devant elle l'homme qu'elle cherchait. Alors, elle se laissa lourdement tomber aux pieds de Philip Holt, vaincue par la fatigue et le soleil.

4

En se réveillant, Julia sentit la fraîcheur apaisante de compresses humides posées sur son front et son corps enfiévrés. Elle soupira de soulagement. Ses vêtements ne l'emprisonnaient plus de leur étau et sa peau pouvait à nouveau respirer.

La jeune femme garda les yeux fermés et s'abandonna sans résister aux mains habiles qui remplaçaient l'étoffe mouillée au fur et à mesure que la chaleur de son corps la réchauffait. Elle revint à elle et ouvrit brusquement les paupières en jetant autour d'elle un regard inquiet. Elle était étendue à quelques centimètres du sol, sur un matelas. Apercevant les nattes qui servaient de cloisons à la bâtisse, elle comprit qu'elle se trouvait à l'intérieur d'une *bure.* Des pans de tissu enroulés sur eux-mêmes faisaient office de volets, et l'espace ainsi aménagé laissait filtrer dans la pièce une agréable brise. Elle put constater, en regardant par ces fenêtres de fortune, que le toit de chaume débordait sur les côtés de la maison, formant une sorte de véranda. La pièce baignait dans une accueillante pénombre qui accentuait l'effet rafraîchissant des courants d'air.

Un mouvement, du côté de la porte, attira son attention. Philip Holt pénétra dans la pièce, une bassine à la main et le labrador sur les talons. Elle se souvint de l'effet qu'avait produit sur elle le spectacle de son corps nu et elle lui sut gré d'avoir noué un pagne autour de ses hanches.

Alors, les événements qui avaient suivi son évanouissement lui revinrent par bribes...

Elle s'était sentie soulevée par des bras puissants, qui l'avaient transportée dans une maison. Son sauveur l'avait ensuite déshabillée avant de couvrir sa peau de compresses froides. A cette pensée, elle se redressa brusquement dans son lit, intimidée et honteuse.

— Vous avez repris connaissance ? lui demanda-t-il gentiment.

Les compresses dégringolèrent et elle les rattrapa fébrilement.

— Ne vous formalisez pas, déclara-t-il avec un large sourire. Je ne vous vois distinctement qu'à la lumière du jour. Ici, je ne perçois que de vagues formes. Votre honneur est sauf.

Le regard de Julia se posa sur les longs doigts du peintre qui avaient probablement parcouru son corps. Dans une réaction de défense et de pudeur, elle croisa les bras sur sa poitrine.

— Quel besoin aviez-vous de me dévêtir ?

Il haussa les épaules.

— Vous souffriez d'insolation. A moins que vous n'attribuiez votre évanouissement au choc qu'a provoqué notre rencontre. Mais, mon orgueil masculin dût-il en pâtir, j'ai préféré opter pour la première hypothèse. Il importait donc que je fasse tomber votre température par tous les moyens.

Julia chercha désespérément à lui adresser une réplique cinglante, mais les battements sourds qui

36

résonnaient dans sa tête depuis qu'elle s'était redressée s'intensifièrent, et elle fut prise de nausées qui l'obligèrent à s'allonger. Elle poussa un faible gémissement. Son hôte fut immédiatement à son chevet ; il posa une main sur son front.

— C'est un mauvais moment à passer, déclara-t-il d'un ton compatissant. Je parle en connaissance de cause. Au début, je ne me méfiais pas non plus de l'ardeur du soleil.

Il tâta sa joue avant d'annoncer :

— On dirait que la fièvre diminue.

J'ai même froid, pensa-t-elle en frissonnant quelques instants plus tard. Elle était maintenant secouée de tremblements glacés. Elle se laissa docilement débarrasser des compresses humides et enrouler dans une couverture. Elle ne pouvait s'empêcher de claquer des dents. Instinctivement, elle se recroquevilla sur elle-même de façon à économiser le peu de chaleur qui lui restait.

Soudain, Julia sentit qu'on soulevait la couverture. Un corps chaud et doux vint se presser contre le sien.

— Laissez-vous aller, lui chuchota une voix mélodieuse tandis que des bras puissants l'enlaçaient affectueusement. Je n'ai qu'une couverture et je me rends compte qu'elle ne suffit pas à vous réchauffer.

Seul, le fin tissu du pagne de Philip s'interposait entre eux. Mais la jeune femme n'était pas en état de s'en préoccuper. Elle accepta de bon gré cette étrange thérapie et se laissa gagner par une agréable torpeur qui eut raison de ses spasmes nerveux et la plongea bientôt dans un sommeil réparateur. Une soif épouvantable la réveilla à deux reprises. Philip lui offrit chaque fois un liquide laiteux et très désaltérant.

— Qu'est-ce que c'est ? demanda-t-elle après avoir vidé le second bol. Le goût m'est familier, mais je n'arrive pas à l'identifier.

— Du lait de coco que j'ai recueilli moi-même. Je n'ai pas de réfrigérateur mais l'enveloppe fibreuse en conserve admirablement la fraîcheur.

A ces mots, Julia se rendormit.

Un rayon de soleil matinal la tira de ses rêves. Elle souleva les paupières, puis ouvrit grands les yeux au spectacle du visage sombre qui l'observait en souriant, tout près du sien.

— Vous êtes très jolie quand vous dormez.

— Merci du compliment. Mais après ce que je viens d'endurer, j'en doute. Je ne suis même pas maquillée...

— Oh ! je ne parle pas de cet aspect artificiel de votre personne. Vous avez un corps admirablement proportionné et votre teint est lumineux.

Drôle de description, se dit-elle. Mais, après tout, pourquoi s'étonner qu'un portraitiste tel que lui s'intéressât à ce genre de détail ?

— C'est la première fois qu'on me fait des éloges semblables.

Il se hissa sur un coude afin de contempler plus en détail les formes arrondies que révélaient la fine couverture.

— Vous me surprenez.

Il appuya son affirmation d'un sourire malicieux.

Maintenant qu'elle le voyait de plus près, elle pouvait observer les changements qui s'étaient opérés en lui durant ces deux années de retraite volontaire. Des fils d'argent parsemaient ses mèches brunes, mais sa bouche conservait le même pouvoir sensuel et elle crut prudent d'éloigner son visage. Les rides d'expression qui soulignaient ses grands yeux sombres accentuaient encore son charme expressif.

— Qui êtes-vous ? lui demanda-t-il à brûle-pourpoint. Vous semblez me connaître alors que, pour ma part, je ne sais même pas ce qui vous a amenée ici.

Son ton trahissait soudain une certaine impatience. Il se déplaça légèrement pour mieux guetter sa réaction et le mouvement mit leurs deux corps en contact. C'est alors qu'elle prit conscience qu'ils étaient tous les deux nus.

— Je m'appelle Julia Stuart et je travaille pour le compte de la galerie Cornell, répondit-elle d'une voix étranglée. Nous nous sommes rencontrés il y a deux ans à l'occasion d'une exposition.

— Ah oui ! Je m'en souviens. Ce vernissage avait été un véritable calvaire.

Apparemment, il n'appréciait guère les mondanités.

— Vous portiez une robe bleu-mauve assortie à vos yeux, poursuivit-il.

Comment pouvait-il se rappeler ce détail ?

— Je suis très sensible aux couleurs et celle-là m'avait frappé, déclara-t-il, comme s'il avait deviné sa réaction. Vous paraissiez très chic et réservée. Pourtant, il y avait un je-ne-sais-quoi dans votre regard qui m'attirait ; votre démarche aussi m'intriguait. Je me demandais qu'elle était votre véritable personnalité. J'avais l'intention d'attendre la fin du cocktail pour vous parler, mais vous avez mystérieusement disparu.

Il se tut et scruta son visage avec un sourire plein de séduction.

Ainsi, il se souvenait d'elle ! Elle ne put cacher le plaisir que cela lui procurait. Mais, après tout, rien ne prouvait que son intérêt dépassât les limites de la simple curiosité...

La main de Philip se posa sur son épaule et glissa insensiblement vers la courbe de sa poitrine. Une étrange sensation prit tout à coup naissance au point de contact de leurs deux corps et se répandit délicieusement en elle. La caresse de ses doigts et l'impact de son sourire attisaient cette source de chaleur et la transformaient progressivement en un brasier incandescent.

Sa respiration s'accéléra et elle sentit la toison soyeuse du torse de Philip effleurer le bout de ses seins. Alors, il rencontra son regard, et elle eut l'impression d'être traversée par un courant électrique qui la paralysa.

— Et vous voici, murmura-t-il, deux ans plus tard et toujours aussi mystérieuse.

Il abaissa lentement son visage et la jeune femme attendit avec un frémissement d'impatience que leurs bouches se rejoignent enfin en un baiser brûlant.

Il prolongea l'étreinte comme s'il ne pouvait se rassasier du goût sucré de ses lèvres. Il les parcourait de sa langue, les écartait tendrement jusqu'à ce qu'elle lui rendît ses baisers. Non pas qu'elle tînt à résister, mais la passion qui se lovait au plus profond d'elle-même lui était presque insupportable. Puis elle ressentit l'impérieux besoin de lui rendre ses caresses et leurs souffles se joignirent passionnément.

Il rejeta la couverture d'un geste impatient comme s'il ne tolérait pas que son désir de la contempler fût entravé plus longtemps. Ses doigts parcoururent ce corps offert, lui soutirant mille frémissements, lui enseignant toutes les joies qu'il recelait.

— Je vous en prie, Philip, je vous en prie, gémissait-elle, le pressant d'assouvir cette soif qu'il avait si bien su éveiller.

Mais il retarda volontairement l'inéluctable conclusion de ces préludes amoureux. Puis, délicatement malgré son impatience, il accéda à sa prière. De tout son cœur, de tout son corps, Julia se laissa conquérir et obéit au rythme imposé par son compagnon. Bientôt, leur mouvement s'accéléra et, ensemble, ils vécurent cette explosion de joie inégalable qui les laissa épuisés et comblés.

De longues minutes s'écoulèrent avant qu'elle pût recouvrer ses esprits.

Après le vertigineux tumulte des émotions qu'elle venait d'éprouver, elle se sentait envahie par une douce sérénité, une sensation de plénitude inconnue jusqu'alors. Cet homme avait sur elle un étrange pouvoir ! Et elle brûlait d'en faire de nouveau l'expérience. Elle esquissa un sourire heureux et se serra contre ce long corps étendu à ses côtés. Elle sentit un bras se refermer tendrement sur elle et sombra dans un profond sommeil.

Une odeur de café la réveilla. L'étrange impression qui l'enveloppait tout entière l'intrigua d'abord mais, bien vite, les souvenirs affluèrent à sa mémoire...

Elle ouvrit les yeux et ne put réprimer un sursaut en découvrant Philip qui s'activait devant une petite cuisinière à bois, apparemment inconscient de l'arrogant défi que représentait sa nudité sculpturale.

Etait-ce le spectacle de ce corps parfait émergeant des flots qui lui avait fait perdre l'esprit ? Jamais auparavant elle n'avait répondu aussi spontanément aux avances d'un homme. Elle préféra mettre son manque de réserve sur le compte de l'insolation. Philip avait outrageusement profité de la situation !

Pourtant, à sa grande surprise, elle n'éprouvait pas le moindre sentiment d'indignation. Son honnêteté l'obligeait à admettre qu'elle n'avait rien fait pour le repousser, qu'elle l'avait même encouragé d'une manière étonnante qui l'intriguait et la fascinait tout à la fois.

Qu'était-il advenu de cette jeune femme raffinée dont la vie parfaitement ordonnée n'offrait jamais de surprises ? Une longue douche viendrait certainement à bout de l'étrange apathie qui s'était emparée d'elle depuis son arrivée dans l'île. Elle se redressa dans le lit. Le grincement du sommier attira l'attention de Philip.

— *Ni sa vanira*, Julia.

Puis il traduisit la salutation mélanésienne.

— Bonjour, avez-vous bien dormi ? Vous devez mourir de faim. Je vous invite à déguster un de mes derniers œufs pour fêter cette belle matinée.

— Si vous n'y voyez pas d'inconvénient, je préférerais prendre une douche, répliqua-t-elle sèchement.

Il se tourna vers elle et l'image de ce corps bronzé lui coupa le souffle. L'aisance avec laquelle il vivait nu montrait à quel point il s'était adapté à la vie sauvage. La jeune femme commença à douter sérieusement du succès de sa mission. Elle n'avait pas affaire à un malheureux naufragé guettant désespérément l'approche d'un sauveteur providentiel, mais à un homme lucide qui avait accepté en toute connaissance de cause les contraintes de son nouvel environnement.

— Vous doucher ? Quelle étrange coutume ! s'exclama-t-il en riant. Ici, l'eau douce est une denrée rare dont nous usons avec parcimonie. Il faudra vous habituer à supporter la sensation du sel sur la peau. Mais rassurez-vous ; bien qu'il accentue les rides, le sodium a d'étonnantes propriétés antiseptiques. Je dois cependant avouer à mon corps défendant que je n'hésite pas à me précipiter dehors muni d'une savonnette dès qu'il tombe trois gouttes de pluie !

Rien ne me sera épargné ! pensa Julia. Mais à quoi bon s'alarmer ? Elle fuirait bientôt ces coutumes barbares.

— J'attendrai donc d'être à l'hôtel. Pouvez-vous joindre Nandi par téléphone ou radio pour demander qu'on vienne me chercher ?

Philip la toisa avec un regard amusé.

42

— Qu'est-ce qui vous fait croire que j'ai le téléphone ou un émetteur ? Jugez par vous-même !

Il fit un geste circulaire pour la prendre à témoin de la simplicité de son installation.

— Il n'y a même pas l'électricité sur l'île. Je m'en étais assuré avant de venir et c'est ce qui a déterminé mon choix. Si vous n'avez pas conclu d'arrangement spécial, j'ai bien peur que vous ne soyez bloquée ici jusqu'au passage du prochain bateau. Il y en a un environ toutes les trois ou quatre semaines. S'ils ont dérogé à leurs habitudes pour vous, c'est probablement parce que vous avez payé le prix fort.

Julia laissa échapper un cri de consternation. Bien sûr, elle avait trouvé le coût de la traversée un peu élevé, mais sa hâte de rencontrer le peintre était telle qu'elle ne s'en était pas inquiétée outre mesure. A présent, elle ne supportait pas l'idée d'avoir à séjourner sur cet îlot perdu pendant deux semaines entières !

— Mais j'ai laissé toutes mes affaires à l'hôtel ! Je suis venue sans le moindre bagage. S'ils ne me voient pas rentrer, ils vont sûrement se douter de quelque chose et prévenir la police.

— Leur avez-vous dit que vous étiez ici ?

— Ils savent que je cherchais à m'y rendre, puisqu'ils m'ont eux-mêmes conseillé sur les moyens de transport disponibles.

— Dans ce cas, il est possible qu'ils ne s'inquiètent pas de votre absence. Ils se diront que vous êtes arrivée à bon port et mettront vos affaires de côté pour que vous les récupériez à votre retour. Ils sont habitués aux manières originales des Occidentaux et ne cherchent pas à les contrarier.

— Je ne vous crois pas.

Malgré ses protestations elle ne pouvait nier le bien-fondé de ses suppositions. Un sentiment de détresse infinie lui serrait le cœur tandis qu'elle prenait progressivement conscience des conséquences de sa situation. Bien sûr, une épaisse liasse de chèques de voyage garnissait son portefeuille, mais à quoi pourraient-ils lui servir dans un endroit où il n'y avait rien à acheter ? De sa vie, elle n'avait jamais été aussi désemparée.

— Mais alors, que faire ? murmura-t-elle, au bord des larmes.

— Tout d'abord, avaler ce remontant.

Il lui tendit un bol de café fumant.

— Puis je vous montrerai le sentier qui mène... à la salle de bains. Ensuite, nous prendrons un copieux petit déjeuner. Je pense qu'après, un plongeon s'impose. Il sera enfin temps pour moi de retrouver mes pinceaux. Quant à vous...

Il fit un grand geste de la main.

— Eh bien ! Vous avez une île entière à explorer.

Il parlait d'une voix ferme et, pour une fois, Julia accepta qu'on lui dicte sa conduite, désorientée qu'elle était par la tournure pour le moins insolite des événements.

Mais Philip s'était installé au pied du lit et sa proximité était infiniment troublante. Elle se souvint de l'émotion qu'avaient suscité en elle les muscles souples de cet homme sous ses doigts, la caresse de sa peau contre ses seins. Ses sens lui suggéraient des images infiniment impudiques et elle en attribua une fois de plus la cause à son état de faiblesse.

— Puis-je avoir mes vêtements, je vous prie ? lui demanda-t-elle d'un ton cassant pour lutter contre ces évocations malvenues.

— J'espère que vous n'avez pas l'intention de vous affubler de cet ensemble. Quand je vous l'ai ôté, j'ai cru sentir la chaleur s'en dégager. Il doit être suffocant. Non, sous les tropiques il n'y a rien de tel que le coton.

— Et, en attendant, que suis-je censée porter ? Cette couverture ?

A nouveau, le visage de Philip s'éclaira d'un sourire espiègle.

— Quel besoin avez-vous d'habits ? Ma nudité vous paraît-elle inconvenante ?

L'expression de son visage ajoutait à l'ambiguïté de la question. Mais la jeune femme était fermement décidée à résister à son pouvoir de séduction. Elle ne se laisserait plus prendre au dépourvu !

— Je préférerais que vous portiez quelque chose.

Il émit un petit rire et se dirigea vers un panier d'osier pour en extraire un carré de coton dont il se ceignit les reins. Il lui en offrit deux autres.

— Voilà pour ménager votre pudeur, dit-il en lui tendant le pagne avec une solennité exagérée. Cependant, je ne désespère pas de vous gagner aux joies du naturisme !

Cette réflexion eut le don d'agacer la jeune femme. Elle ne souhaitait pas qu'une familiarité excessive s'installât entre eux. Elle n'avait pas l'habitude des relations amicales ou amoureuses et elles la désarmaient un peu.

— En tout cas, c'est tout ce que j'ai à vous offrir pour l'instant. Espérons que Serina pourra vous prêter une tenue plus conforme à vos désirs.

— Serina ?

— Vous avez certainement dû la voir. Il n'y a qu'un endroit habité sur l'île et c'est là que les bateaux débarquent leurs passagers. Papa Nia ne vous a-t-il pas accueillie avec sa famille ?

Elle se souvint du vieillard et prit tout à coup conscience qu'il était le seul homme adulte du groupe.

— Ne me dites pas qu'ils pratiquent la polygamie !

Elle avait vaguement remarqué, malgré son état d'hébétude, que deux des femmes étaient enceintes.

Philip lui lança un regard surpris. Puis il partit d'un grand éclat de rire.

— Papa Nia serait probablement flatté de votre méprise. Mais, rassurez-vous, ajouta-t-il après avoir retrouvé son sérieux, Serina est sa petite-fille. Quant aux autres femmes, elles restent sous sa protection pendant que leurs maris tentent de gagner dans d'autres îles de quoi les faire vivre. Deux d'entre eux travaillent en Nouvelle-Zélande et leurs épouses doivent s'estimer heureuses si elles les voient une fois par an, en attendant le jour tant rêvé et sans cesse repoussé où elles pourront enfin les rejoindre là où ils se sont installés.

Il n'eut pas besoin d'en dire plus. Julia imaginait bien la vie de ces familles séparées par de dures lois économiques et le déchirement que devaient éprouver ces hommes à vivre loin de leurs bien-aimées, dans l'espoir souvent déçu de les faire accéder aux mirages du monde moderne.

Puis elle revit le regard plein d'animosité de la jeune fille qui l'avait interpellée et comprit qu'il devait s'agir de Serina. S'était-il passé quelque chose entre Philip et elle ? Cela n'aurait rien d'étonnant ; la jeune fille était ravissante et le peintre irrésistible. Elle se promit de ne jamais accepter le moindre vêtement de la jolie Mélanésienne. En attendant de quitter Yatiki, elle s'en remettrait donc à la seule générosité de Philip.

Julia frémit d'horreur en constatant la précarité de l'installation sanitaire. A quels nouveaux déboires lui faudrait-il encore s'exposer avant d'être soustraite à son mortifiant exil ? Mais elle saurait dignement faire face à la situation. Sa force de caractère avait souvent été mise à rude épreuve par les artistes capricieux et les clients exigeants. Si Philip s'attendait à subir ses lamentations, il allait être déçu.

Quand elle le rejoignit, le petit déjeuner était servi. Elle s'attabla stoïquement et déclara qu'elle se contenterait d'un café et d'un jus d'orange.

— Je ne fais que deux repas par jour. La peinture m'absorbe tellement que je n'ai pas le temps de me préoccuper de la nourriture. Il serait donc préférable que vous mangiez maintenant, déclara-t-il.

La jeune femme se résigna à lui obéir et constata avec surprise qu'elle avait une faim de loup. Elle dévora une mangue à la chair ferme et savoureuse, puis se délecta d'un œuf à la coque qu'elle apprécia d'autant plus qu'elle en connaissait la rareté. Il est vrai qu'elle n'avait presque rien avalé depuis deux jours.

— Il faut tremper le pain, expliqua-t-il en joignant le geste à la parole. Il rassit très vite et c'est le seul moyen de le trouver bon.

Cette coutume arracha à la jeune femme une grimace de dégoût que Philip accueillit avec une expression moqueuse.

— En principe, Serina m'en apporte deux fois par semaine, poursuivit-il en rompant un morceau qu'il lui tendit. C'est elle qui se charge de mon approvisionnement. Elle en profite également pour faire un peu de ménage. Mais je suppose que, vous ayant vue arriver, elle n'osera pas nous déranger.

Il se rejeta en arrière et lui adressa un large sourire.

— On dirait que les Mélanésiens ont un sixième sens. Imaginez qu'elle soit arrivée ce matin à l'improviste !

Julia reposa violemment sa tasse sur la table. Comment pouvait-il rire des inoubliables instants qu'ils avaient partagés ? Elle se sentit bafouée et chercha à se venger en lui lançant d'un ton sec :

— Je vous trouve bien cavalier !

Elle se leva si brusquement qu'elle en renversa sa chaise. Puis elle tourna les talons, mais n'eut pas le temps de s'éloigner. Déjà, Philip l'attrapait par l'épaule et l'obligeait à lui faire face.

— Ne vous fâchez pas, je vous en prie. Je n'avais pas l'intention de vous offenser. Deux ans de solitude ont eu, j'en ai peur, raison de mes bonnes manières. Je ne cherche pas d'excuses, mais je ne voudrais pas que s'installe un malentendu. Oublions ces paroles malheureuses et allons nous baigner, d'accord ?

Son repentir était si sincère qu'elle n'eut pas le courage de refuser l'invitation.

— Pourquoi pas ?

— Magnifique ! s'exclama-t-il avec un soulagement évident.

Il la prit par la main et l'entraîna sur la plage.

Baylor les accueillit en remuant joyeusement la queue et gambada autour d'eux en soulevant de petits nuages de sable tandis qu'ils se dirigeaient vers le rivage. Ils s'arrêtèrent au bord de l'eau. L'onde limpide venait tendrement effleurer leurs pieds.

— Je vous préviens que vous avez sur vous mes seuls vêtements de rechange. Je vous conseille de les enlever, sinon ils seront très désagréables à porter quand ils seront imbibés de sel.

Déjà, il ôtait le bout de tissu noué autour de ses reins et le jetait d'un geste insouciant hors de portée des vagues.

Est-ce vraiment nécessaire ? se demanda la jeune femme, tout en admirant le magnifique corps bronzé qui s'élançait en un gracieux plongeon à la rencontre de l'océan.

Baylor l'imita avec un aboiement joyeux. A contrecœur, Julia se résigna à se défaire du pagne protecteur et sentit immédiatement la morsure du soleil sur sa peau délicate. La rafraîchissante transparence des flots lui parut tout à coup idyllique et elle s'y précipita en toute hâte.

Qu'était-il advenu de la jeune femme qui n'aurait jamais daigné se munir d'un maillot de bain tant la perspective de l'eau salée lui répugnait ? A présent, elle qui ne savait même pas nager se laissait volontiers aller à la caresse sensuelle de l'eau sur son corps nu. Chaque nouvelle vague semblait emporter un peu de la réserve qui avait augmenté en elle au fil des années. Tout son être s'éveillait à un étrange sentiment de bien-être...

La jeune femme observait d'un œil amusé la tête brune qui parcourait le lagon de long en large. Elle se laissa ballotter par le ressac, légère comme une plume. Puis Philip se dirigea vers elle, précédé du fidèle Baylor qui s'avérait un guide très sûr. Le labrador s'ébroua joyeusement et son maître rejeta en arrière ses mèches brunes ruisselantes d'eau.

— Vous feriez mieux de rentrer maintenant. Inutile, je présume, de vous mettre en garde contre les dangers du soleil !

— J'y vais ! s'écria-t-elle.

Au plissement de ses yeux, elle comprit qu'il discernait difficilement la minuscule tache rose que constituait son visage à la surface des flots. Aussi se dépêcha-t-elle de rejoindre le rivage en faisant le plus de bruit possible.

— Je n'ai jamais professé un goût particulier pour les bains de mer, mais je reconnais que vous m'en avez fait découvrir les joies. Dommage que je ne sache pas nager !

— Je vous apprendrai, lui déclara-t-il en la prenant affectueusement par l'épaule. C'est très facile. D'autant que l'eau salée permet de flotter plus aisément.

— J'en serai ravie.

Si William était là, il n'en croirait pas ses oreilles, songea-t-elle. William ! Elle se dit soudain qu'il attendait certainement un coup de téléphone de sa part. S'étonnerait-il de rester sans nouvelles si longtemps ?

— Que se passe-t-il ?

Philip avait senti les muscles de la jeune femme se contracter tandis qu'elle pensait à William. Elle s'émerveilla de cette sensibilité exacerbée qui permettait à l'artiste de pallier sa vue défaillante.

— Rien, répondit-elle.

Mais il ne fut pas dupe et il la serra plus fort contre lui. Une onde de chaleur envahit Julia. Les prunelles de Philip s'assombrirent tandis que ses longs doigts sensibles venaient se poser sur le sein de la jeune femme, qu'ils épousèrent comme pour en apprécier le galbe.

Elle frémit en sentant sa poitrine se contracter de plaisir.

— Philip, s'entendit-elle murmurer malgré elle.

— Oui, répondit-il, conscient de l'émotion intense que trahissait la voix de la jeune femme.

Il l'attira contre lui.

— Oui, Julia, chuchota-t-il contre sa bouche avant de l'embrasser.

Elle fut immédiatement consumée de désir et se pressa contre lui pour le prendre à témoin du feu qui l'embrasait. Mais, au lieu de la calmer, la chaleur de Philip l'enfiévra plus encore.

Le sable fin accueillit les deux amants enlacés. A nouveau, les baisers de Philip lui arrachèrent des gémissements de plaisir tandis que les vagues venaient doucement mourir à leurs pieds.

Jamais Julia ne s'était sentie aussi vivante. Le souffle tiède du vent sur sa peau mouillée, l'étreinte brûlante du soleil se joignaient aux caresses qu'il lui prodiguait pour l'emporter dans un tourbillon de bonheur toujours plus grand. Elle sentit le sable se creuser sous le poids de leurs corps réunis.

Progressivement, ils accédèrent aux confins de l'extase, mélodieusement bercés par le roulis des vagues. Attentifs au bien-être l'un de l'autre, ils s'étreignaient passionnément puis, ensemble, ils connurent le plaisir, un plaisir indicible et fou.

— Venez, chuchota-t-il quand sa respiration enfin calmée lui permit de parler.

Il se dressa et, la prenant par la main, l'attira dans l'eau qui parut soudain glacée à Julia. Mais, bien vite, elle en apprécia l'effet apaisant. Philip entreprit de la débarrasser du sable qui collait à sa peau. Ses mains parcoururent le corps de la jeune femme qui frissonna voluptueusement. Alors, il emprisonna son visage et posa un tendre baiser sur ses lèvres. Puis ils regagnèrent la plage. Elle rassembla les vêtements éparpillés avant de le suivre dans la *bure*.

— Vous êtes vraiment superbe, lui murmura-t-il d'une voix rauque en l'attirant contre lui.

Il l'embrassa tendrement et la porta comme une enfant jusqu'au lit qui accueillit leurs deux corps avec un petit grincement.

— Il est peut-être un peu tard pour s'en inquiéter, mais il me semble que vous étiez souffrante hier soir. Si vous vous reposiez, maintenant ?

Julia eut à peine la force d'acquiescer. Elle enfouit son visage au creux de l'épaule de Philip et s'endormit.

5

Julia se réveilla et s'étira longuement. Son dos endolori lui rappela soudain la caresse rugueuse du lit de sable qui avait accueilli ses ébats amoureux avec Philip. Elle ouvrit grands les yeux et constata que la pièce était vide.

Elle regarda longuement l'oreiller qui portait encore l'empreinte de la tête brune de son compagnon, déplorant son absence avec un émoi qui la surprit. La violence de ses sentiments l'intriguait et l'émerveillait à la fois. Jamais personne ne lui avait inspiré de telles émotions.

La jeune femme se redressa sur sa couche afin de reprendre ses esprits. Depuis son arrivée aux îles Fidji, elle subissait un étrange sortilège qui bouleversait toutes ses facultés. Elle secoua la tête comme pour nier les incroyables événements de ces dernières vingt-quatre heures et retrouver la froide lucidité qui la caractérisait ordinairement. Comment avait-elle pu céder à cet homme qu'elle connaissait si peu ?

Julia se mit à regretter sa faiblesse et tenta de se

persuader que Philip en était seul responsable. La simplicité du décor qui l'entourait se mit à lui déplaire. Elle se souvint avec exaspération de la toilette qu'elle était obligée de porter et sa lassitude ne connut plus de bornes. L'état de faiblesse provoqué d'abord par le mal de mer et ensuite par son insolation ne justifiait nullement le laisser-aller dont elle s'était rendue coupable. Elle était maintenant fermement décidée à se ressaisir. Elle n'accepterait pas que sa réclusion forcée la ravalât au rang de sauvage.

Julia partit fébrilement à la recherche de ses vêtements et les trouva suspendus à une corde tendue derrière la maison. Elle s'en revêtit comme d'une armure qui la protégerait de l'influence maléfique de l'île.

Ainsi habillée en jeune femme responsable, elle se faisait fort de ramener le peintre dans le droit chemin de l'ambition et du succès. D'après ce qu'elle avait vu de son travail, elle ne doutait pas que sa place fût dans cette société qui le considérait à juste titre comme un des artistes les plus talentueux de sa génération.

La jeune femme brossa vigoureusement ses cheveux jusqu'à ce qu'ils retrouvent leur volume et leur soyeux. Puis elle compléta la métamorphose en appliquant sur son visage d'habiles touches de maquillage et, satisfaite du résultat obtenu, elle redressa le menton d'un air déterminé.

Julia était de nouveau dans la peau de son personnage. William lui avait confié une mission et elle était fermement décidée à la mener à bien. Le charme envoûtant de ce décor exotique avait momentanément eu raison de sa volonté, mais elle saurait oublier ses moments d'égarement et remplir ses obligations. Si elle ne réussissait pas à convaincre Philip Holt de faire dignement face à ses devoirs de citoyen américain, du moins le persuaderait-elle de confier à la galerie Cornell l'exclusivité de sa production !

La jeune femme décida de partir sans plus attendre à la recherche du peintre. Elle contourna la *bure* et affronta en plissant les yeux les rayons obliques du soleil couchant. Elle sentit immédiatement la chaleur s'insinuer à travers les fibres du tissu et elle se demanda pendant une fraction de seconde si l'idée de recourir à cet uniforme civilisé était bien judicieuse.

Un mouvement sur la plage attira son attention. Philip se tenait à l'ombre d'un arbre, mais son chevalet se dressait en plein soleil. Il avait pris du recul pour mieux observer son travail et semblait complètement absorbé par sa toile.

Elle se mit à marcher sur la pointe des pieds pour éviter le contact du sable brûlant. Son ensemble se transformait déjà en étuve. La sueur ruisselait sur son corps et elle se sentait affreusement mal.

Quand elle rejoignit enfin le peintre, son indignation était à son comble. Quel péché avait-elle bien pu commettre pour mériter un tel châtiment ?

Baylor, qui somnolait à l'abri d'un buisson, se secoua de sa torpeur et se dirigea vers elle. Il posa une patte sur la jambe de la jeune femme qui ne s'inquiéta pas de savoir si ce geste était un signe de bienvenue ou une mise en garde.

— Pousse-toi ! s'écria-t-elle en battant précipitamment en retraite.

Elle essaya tant bien que mal de nettoyer le pantalon maculé et eut toutes les peines du monde à réprimer ses larmes. Son seul vêtement n'était plus présentable du tout.

— Que se passe-t-il ? demanda Philip alerté par ce remue-ménage.

— Trois fois rien. Votre monstre est tout simplement en train d'essayer de me dévorer.

Il éclata de rire.

— Baylor ne ferait pas de mal à une mouche. Il vous demandait simplement de ne pas me déranger.

— Oh ! excusez-moi. J'ignorais qu'il fallait prendre rendez-vous. Vous auriez dû me prévenir avant... avant que...

Toute la tension nerveuse accumulée depuis son départ de Los Angeles explosa soudain et elle se mit à sangloter comme une enfant.

— Julia ! s'exclama Philip.

Il posa sa palette et ses pinceaux sur une petite table pliante et se dirigea vers elle.

— Je vous ai laissée il y a quelques heures paisiblement endormie et je vous retrouve en larmes...

Julia était trop embarrassée pour lui répondre et elle se laissa aller avec plaisir dans les bras qui l'enlaçaient, se blottissant de toutes ses forces contre l'épaule de Philip. Il lui caressait doucement le dos et une agréable sensation de bien-être envahissait peu à peu la jeune femme.

Mais il s'éloigna d'elle brusquement.

— Qu'avez-vous donc dans la tête ? s'écria-t-il en saisissant sa veste par la manche. Pourquoi avoir remis cette tenue ? Une insolation ne vous suffit pas ? Vous tenez absolument à renouveler l'expérience ?

La réaction de la jeune femme ne se fit pas attendre. L'inconfort de ses vêtements donnait raison à son détracteur et ne fit qu'augmenter sa colère.

— Le fait que je sois prisonnière de cette île ne m'oblige pas à me promener dans une tenue scandaleuse ! Je suis sûre que cette Serina, qui est aux petits soins pour vous, aura une robe plus appropriée à me vendre. Mais, d'ici là, je préfère me vêtir comme une personne civilisée !

Philip lui lança un regard meurtrier.

— J'avais oublié à quel point le monde que j'ai

quitté était snob ! Mais si vous professez un tel dégoût pour mon mode de vie, qu'êtes-vous venue faire ici ? Je ne crois pas vous avoir lancé d'invitation !

Il marqua une pause mais elle vit, au plissement de ses yeux, qu'il répondait de lui-même à cette question.

— J'aurais dû me douter qu'on ne se débarrassait pas aussi facilement de Cornell. Au contraire, mon cadeau d'adieu n'a fait qu'exciter sa convoitise. Il a donc envoyé une charmante assistante pour me soutirer le reste de mes toiles. Désolé de vous décevoir, ma chère, j'ai toujours traité avec Marshall, à San Francisco, et je n'ai pas du tout l'intention de changer mes habitudes.

Il rapprocha soudain son visage pour mieux la prendre à témoin de l'étendue de son mépris.

— Dommage que vous ayez dilapidé tous vos atouts. Ne deviez-vous pas me tenir en haleine jusqu'à ce que le désir me ronge et que j'accepte toutes vos conditions ? Eh bien, je n'accepte pas ce genre de monnaie d'échange. Vous êtes délicieuse, mais je ne considère pas que vous puissiez être comparée à la valeur de mes tableaux. L'idée même d'une telle transaction me fait frémir de honte.

Julia resta pétrifiée par son attaque. Puis, progressivement, les mots firent mouche dans son esprit : « monnaie d'échange, transaction, valeur... » Une boule de rage se forma dans sa gorge, interdisant toute repartie.

Elle lança la main en direction du visage de Philip, mais retint son geste à temps. Qu'avait-elle failli faire ? Jamais elle n'avait ressenti ce besoin de violence. Jamais elle n'avait éprouvé aussi cruellement ce douloureux sentiment d'injustice. Elle puisa dans une volonté insoupçonnée la force de rester immobile et silencieuse et ses ongles s'enfoncèrent dans ses paumes moites.

— Qu'y a-t-il ? La vérité vous blesse-t-elle ?

La jeune femme tremblait de fureur contenue.

— Si j'étais un homme, je me battrais avec vous, parvint-elle à dire d'une voix vibrante de colère.

Elle dut se mordre la lèvre pour ne pas trahir son désarroi. Il serait trop content de la voir verser de nouvelles larmes. Elle ne laisserait personne, et surtout pas cet homme, réduire à néant cette maîtrise dont elle était si fière !

Et pourtant, Julia sentait qu'une remarque désobligeante supplémentaire suffirait à lui faire perdre toute mesure.

La jeune femme jugea plus prudent de battre en retraite. Il était hors de question de mettre à nu les sentiments qui l'agitaient et son instinct de conservation lui conseillait la fuite.

6

Le sable fin qui se dérobait sous ses pieds rendit sa course difficile. Exténuée par l'effort, elle dut s'arrêter pour reprendre son souffle. Elle en profita pour jeter un coup d'œil par-dessus son épaule. Philip se dressait face à la mer, les poings sur les hanches et l'air farouche. Puis il détacha son pagne, le jeta derrière lui d'un geste rageur et se précipita dans les flots.

Baylor l'observa d'un œil intrigué, puis gambada à sa suite.

Le soleil dardait ses rayons sur la toile, en rehaussant les couleurs chatoyantes. Même à cette distance, la jeune femme fut frappée par l'énergique mouvement de la composition. Toute sa colère l'abandonna. Sa curiosité professionnelle reprit le dessus et la força à rebrousser chemin pour admirer de plus près le travail de Philip. La toile offerte à William exprimait une violence dont l'impact avait fait voler en éclats sa pondération. Mais celle-ci, bien qu'inachevée, reflétait une joie débordante.

L'expérience avait appris à Julia la fragilité de

l'inspiration artistique et elle craignit tout à coup que son intervention n'ait à jamais interrompu le processus de création de ce tableau. Bien sûr, elle était confrontée à un environnement hostile, mais cela ne l'autorisait pas à mettre en péril l'élaboration d'un chef-d'œuvre !

Elle passa une main sur son visage brûlant et promena autour d'elle un regard hébété. Les événements de ces deux derniers jours l'avaient complètement épuisée. Il fallait absolument qu'elle se repose. Bien que l'idée de retourner dans la demeure de Philip lui procurât une grande appréhension, elle devait se rendre à l'évidence ; il n'y avait pas d'autre solution.

L'effet du soleil se faisait déjà sentir et une douleur lancinante lui martelait les tempes. Le sommier de bois lui parut soudain aussi engageant que tous les matelas de plume du monde. Elle pénétra dans la *bure*, se débarrassa des vêtements qui avaient provoqué son altercation avec le peintre et, après avoir avalé deux cachets d'aspirine, elle s'effondra sur le lit.

Au fond, Philip avait raison ; son unique tailleur n'était décidément pas adapté au climat tropical. Et puis, de toute façon, il valait mieux le ménager pour qu'elle puisse le porter le jour de son retour à Nandi. Il était déjà dans un si piètre état. Oh ! William, comment avez-vous pu me faire une chose pareille ? gémit-elle avant de sombrer dans un sommeil sans rêve.

Une agréable odeur de nourriture la réveilla. Elle entrouvrit les yeux et constata qu'il faisait presque nuit. Dans cette pénombre, la silhouette de Philip se détachait à peine, mais ses mouvements attirèrent l'attention de la jeune femme.

D'une main sûre, il parcourait les étagères à la recherche d'ustensiles, de boîtes de conserve, d'ingrédients en tout genre. La lueur vacillante du fourneau éclairait ses gestes par intermittence et rendait la scène encore plus irréelle.

Julia le contempla sans mot dire et s'émerveilla de cette sensibilité tactile qui se substituait à sa vue défaillante. Rien ne semblait pouvoir venir à bout de la volonté de cet homme.

Elle en éprouva un immense sentiment de fierté, qu'elle se reprocha aussitôt. Après tout, qu'était-il pour elle ? Dès qu'elle aurait quitté sa prison insulaire, leurs rapports se limiteraient à négocier les toiles que William lui avait demandées...

L'évocation de son directeur lui fit froncer les sourcils. Philip n'avait-il pas vu juste en interprétant les intentions de ce dernier ? D'ailleurs ne l'avait-elle pas elle-même soupçonné de chercher à se servir d'elle comme d'un appât ? Ce genre de pratique était courant dans les milieux artistiques et Philip le savait bien. Alors pourquoi avait-elle réagi aussi violemment à ses accusations ? N'était-ce pas justement parce qu'elle en devinait le bien-fondé ? Pourtant, Julia n'avait jamais éprouvé penchant plus sincère et elle ne pouvait supporter l'idée qu'il fût interprété comme une manœuvre. Cette pensée intolérable la força à presser sa main sur son cœur pour en apaiser le tumulte.

— Alors, on se réveille ? Le dîner sera prêt dans un instant.

La voix de Philip ne trahissait pas la moindre animosité. Sans doute avait-il choisi de se montrer avenant pendant les deux semaines où ils auraient à vivre ensemble ? S'il proposait la paix, elle ne s'entêterait pas à entretenir un climat de tension insupportable.

La jeune femme avait toujours évité les réactions passionnelles parce qu'elle les trouvait inutiles et dérangeantes. Cependant, en l'espace d'une journée, cet homme lui avait révélé l'exaltation enivrante de l'amour partagé et les affres que provoque une violente dispute.

— Je vais mettre le couvert, parvint-elle à dire d'une voix neutre.

En signe de bonne volonté, elle s'empara des deux carrés d'étoffe dont elle allait devoir se vêtir pendant les prochains jours.

Elle dressa la table et ils dînèrent en silence. La préparation de Philip était curieuse, mais la jeune femme avait bien trop faim pour faire la fine bouche. Tout en mangeant, elle observait tristement la vaisselle rustique. Que les soupers des restaurants de Los Angeles lui semblaient délectables !

La lueur crépusculaire qui filtrait par les ouvertures de la *bure* lui permettait à peine de voir le contenu de son assiette. Philip aurait dû apporter des bougies, pensa-t-elle avec irritation. Mais elle se reprit aussitôt en constatant que le peintre évoluait et se déplaçait avec des gestes sûrs. Elle comprit que la pâle lumière des chandelles ne lui serait d'aucune utilité et accepta de bonne grâce cette nouvelle épreuve comme pour mieux s'imprégner de l'univers de sons et de formes dans lequel vivait maintenant cet homme fascinant.

Julia ne pouvait distinguer son visage, mais sa mémoire conservait l'empreinte indélébile des traits du peintre. Cependant, ce n'était plus le naufragé volontaire aux longs cheveux et à la barbe hirsute qu'elle avait devant les yeux. Progressivement, l'image d'un Philip Holt mondain et soigné s'était imposée à elle. Pourquoi avait-elle gardé de leur entrevue un souvenir aussi persistant ? Et lui non plus ne l'avait pas oubliée puisqu'il avait pu décrire la robe qu'elle portait ce jour-là ! Cette constatation provoqua en elle une douce sensation de chaleur.

— Je me charge de la vaisselle, déclara-t-elle quand ils eurent terminé de dîner.

— D'accord. Je vais vous chercher de l'eau.

Julia esquissa une petite moue désabusée. Les hommes étaient tous les mêmes, prêts à s'en remettre à leurs compagnes pour les tâches ménagères. Mais, après tout, c'était de bonne guerre. Puisqu'elle allait devoir être son hôte, elle le remercierait de son hospitalité forcée en lui épargnant les corvées qui entravaient son activité créatrice. Elle avait l'impression que le temps était compté à l'artiste. Pourtant rien n'indiquait qu'il éprouvât lui-même ce sentiment d'urgence. Alors, pourquoi le soulager d'un fardeau dont il semblait très bien s'accommoder tout seul ? Elle avait connu d'autres hommes, mais aucun n'avait éveillé en elle cet étrange instinct de protection...

Le retour de Philip la tira de ces pensées troublantes. Il portait une bassine pleine d'eau, puisée dans le lagon, qu'il versa dans une cuvette installée sur un muret de pierre.

Etait-ce ainsi qu'il faisait la vaisselle ? Julia frémit en songeant à la malpropreté du liquide salé. Elle prit une profonde inspiration avant de demander :

— Où rangez-vous le savon ?

— Quel savon ? L'eau de mer a de remarquables propriétés détergentes. Si la vaisselle est trop poisseuse, utilisez un peu de sable. Tenez, je vais vous montrer.

Il trempa une assiette dans la cuvette, la frotta avec une poignée de sable, la rinça dans la bassine d'eau claire, puis l'essuya avec un torchon qui pendait à un clou.

— Simple comme bonjour, non ?

Il lui tendit fièrement son œuvre et, d'un geste digne d'un spot publicitaire, elle en vérifia la propreté.

— C'est vrai !

Décidément, la vie au grand air lui réservait bien des surprises, bien des découvertes !

La lune ne s'était pas encore levée, mais les myriades d'étoiles qui peuplaient le ciel répandaient une pâle lumière qui permit à la jeune femme de se mettre au travail sans trop de difficulté. A sa grande surprise, Philip tourna les talons et se dirigea vers la mer. Il pourrait me tenir compagnie ! pensa-t-elle en passant une main sur l'assiette qu'elle venait de laver pour s'assurer qu'elle avait bien compris la leçon.

Une fois la vaisselle terminée, elle pénétra dans la *bure,* se dirigea à tâtons vers le lit, et se cogna les jambes contre une chaise qu'elle n'avait pas pris la précaution de ranger. Vivre dans le noir exigeait une attention de tous les instants !

Julia s'assit au bord du matelas et passa une main dans ses cheveux d'un geste découragé. Il devait être neuf heures. Si elle n'avait pas commis la folie de s'exiler dans ce coin perdu, elle serait probablement en train de déguster un succulent dîner dans un des établissements les plus réputés de Los Angeles, et des serveurs empressés lui verseraient des vins millésimés dans une coupe en cristal. Mais, au lieu de cela, elle se morfondait dans le noir après avoir ingurgité un étrange ragoût et fait la vaiselle — quelle horreur ! — dans de l'eau de mer.

Un insecte lui frôla le visage avec un bourdonnement menaçant. Elle faillit pousser un cri. Comment Philip osait-il l'abandonner à des bestioles probablement venimeuses ? Elle se mordit la lèvre et tendit l'oreille dans l'espoir de discerner le bruit de ses pas.

C'est alors qu'elle prit conscience des bruits qui emplissaient la nuit.

A son oreille de citadine, le chant bucolique des grillons, le gazouillis mélodieux des oiseaux nocturnes résonnaient comme autant de bruits menaçants. Une branche craqua au loin et elle sursauta de frayeur; un épouvantable carnassier tapi dans l'ombre se préparait sans doute à se jeter sur elle pour la dévorer! Tout à coup, une forme noire se détacha sur le rectangle plus clair de la porte. Paralysée de terreur, elle vit la forme se ramasser sur elle-même, comme prête à bondir.

— Alors, le chien, tu dors dedans ou dehors? murmura la voix familière de Philip.

Il s'était accroupi pour caresser affectueusement les flancs de l'animal et Julia avait mal interprété la scène. De nouveau, l'air emplit ses poumons et elle se laissa tomber sur l'oreiller, soulagée.

Alerté par le bruit du sommier, Philip leva la tête.

— Déjà couchée? J'ai bien peur que les soirées ne manquent de distraction, mais je ferai de mon mieux pour procurer un peu d'animation.

Julia bondit hors du lit. Malgré l'obscurité, elle crut voir un rictus moqueur se dessiner sur les lèvres du peintre. Apparemment, la trêve était rompue.

— N'allez pas vous imaginer que j'ai l'intention de dormir à vos côtés! lança-t-elle d'un ton cassant.

— Vous semblez oublier un détail; il n'y a qu'un lit ici. Puisque vous m'accusez de me conduire comme un sauvage, estimez-vous heureuse que je ne vous oblige pas à dormir par terre!

— Vous n'êtes qu'un mufle!

— J'essaie seulement de me montrer digne de la réputation que vous me prêtez.

Il quitta soudain la pâle clarté du seuil de la *bure* et la jeune femme le perdit de vue. La cacophonie menaçante de la faune nocturne s'était substituée à sa voix.

— Philip?

Dans la bouche de la jeune femme, ce prénom résonna comme un appel de détresse.

— Oui.

La réponse retentit tout près d'elle.

— Arrêtez de rôder dans le noir.

Julia était au bord de la crise de nerfs.

— N'y a-t-il donc pas de lumière ici ? Je ne peux plus supporter de ne rien voir.

Un pesant silence suivit l'éclat de la jeune femme. Puis le grincement d'un tiroir lui permit de localiser le peintre à proximité de la cuisinière. Elle entendit un frottement d'allumette et une lueur vacillante perça soudain l'obscurité. Elle le vit allumer une chandelle qu'il disposa dans un bougeoir en bois.

— Je suis désolé. J'ai oublié de vous dire où se trouvaient les bougies. Je ne les utilise jamais et j'oublie souvent que d'autres peuvent en avoir besoin.

Julia maudit son manque de tact.

— Et puis, je vous préviens que la lumière attire les insectes.

— Alors, il vaut mieux l'éteindre.

La réponse avait spontanément jailli de la bouche de la jeune femme et elle souffla immédiatement la flamme. Puis elle prit une profonde inspiration avant de lui demander d'une voix qui se voulait neutre :

— Quel côté du lit préférez-vous ?

Elle eut envie d'enfouir sa tête sous la couverture pour fuir cette situation horriblement embarrassante.

— Ça m'est égal.

De fait, il ne sembla pas se formaliser de sa présence et occupa une bonne moitié du matelas. Elle se fit aussi petite que possible, recroquevillée au bord du lit, hors de portée de sa troublante proximité. Mais, bien vite, ses muscles protestèrent contre l'inconfort de la position. Les repos successifs qu'elle avait pris tout au long de la journée ne lui permettaient pas de trouver le sommeil tant espéré.

Bientôt, le souffle régulier de Philip l'avertit qu'il

s'était endormi. Elle se laissa donc rouler sur le dos, mais une sensation de chaleur intense l'envahit aussitôt. Elle avait, par mégarde, frôlé de la main la hanche du dormeur et le doux contact lui apprit qu'il avait ôté son pagne. Une foule d'images assaillirent son esprit enfiévré et, bientôt, étouffant de nervosité et de chaleur, Julia eut envie d'une immense douche rafraîchissante. Ce désir devint rapidement une obsession. Plus elle essayait de se raisonner, plus le besoin se faisait impérieux. Le lagon pouvait lui offrir ce soulagement, mais la seule pensée d'avoir à traverser la plage dans le noir provoquait en elle des frissons d'horreur.

Tout à coup, les ténèbres de la pièce se dissipèrent. Julia tourna son visage vers l'ouverture de la porte et le spectacle qui s'offrait à ses yeux lui coupa le souffle. Une énorme lune orangée semblait jaillir des profondeurs de l'océan, irisant les flots d'une nuée de particules de bronze. La mer l'attendait...

Philip remua et elle se retourna immédiatement pour constater qu'il n'avait fait que changer de position. Mais le mouvement avait écarté la couverture. La jeune femme ne put s'empêcher de laisser son regard errer sur le corps ainsi exposé. Elle suivit les longues jambes fuselées, remonta jusqu'à son torse couvert de boucles brunes. Elle en admira les muscles fins, soulevés par une respiration régulière. Puis elle examina son visage. Les ombres que projetaient sur ses traits la toison de sa barbe et sa chevelure en dissimulaient les contours. Elle eut soudain envie de se presser contre lui, d'épouser ses formes puissantes pour lui témoigner de ce débordement de tendresse qu'il éveillait en elle...

Il ne fallait pas qu'elle cède à cette tentation...

Sans se préoccuper des dangers qui l'attendaient peut-être dehors, elle sauta du lit et partit à toutes jambes en direction de la mer. Elle n'arrêta sa course que quand elle sentit l'exquise caresse des vaguelettes sur ses pieds nus.

Mais la surface opaque de l'eau réveilla toutes ses craintes. Quelles créatures maléfiques se dissimulaient dans cette masse liquide au calme trompeur ? Pourtant, elle avait tellement besoin de s'éclaircir les idées qu'elle décida qu'aucun animal marin ne s'aventurerait si près du rivage, au risque de s'échouer sur le sable. Un peu rassurée par ce raisonnement, elle défit les deux rectangles d'étoffe qui lui servaient de vêtements et s'agenouilla dans l'écume neigeuse dont elle aspergea son corps en feu.

— Je me demandais où vous étiez passée !

Julia se redressa, retenant un cri de frayeur. Philip se tenait derrière elle, escorté du fidèle Baylor. Elle ferma les yeux devant son arrogante nudité.

— Il faisait trop chaud pour dormir, balbutia-t-elle, prenant soudain conscience qu'elle n'était pas plus vêtue que lui.

Elle fouilla l'ombre du regard à la recherche de son pagne.

— Alors pourquoi n'en profitez-vous pas pleinement ?

— Pour être dévorée par un requin ? Merci bien.

— J'ai omis de vous dire que ce lagon est parfaitement sûr. Une barrière de corail en interdit l'accès aux gros poissons. C'est d'ailleurs la raison pour laquelle j'ai choisi cet emplacement. Maintenant que je suis là, je crois bien que je vais vous imiter.

Il fendit les flots à grandes enjambées, puis s'arrêta tout à coup.

— Mais c'est vrai que vous ne savez pas nager. Venez ! Avec Baylor et moi comme escorte, vous ne risquez rien !

Il tendit une main qu'elle saisit aussitôt. Ses longs doigts se refermèrent et effacèrent comme par enchantement toutes les frayeurs de Julia. Tant qu'il se tenait à ses côtés, aucun danger ne pouvait la menacer...

Ils entrèrent dans l'eau dont l'effet bienfaisant ne se fit pas attendre.

— Avez-vous encore pied ?

Pour s'en assurer, il avança le bras vers l'épaule de la jeune femme et lui effleura un sein involontairement.

— A peine, répondit-elle en espérant que sa voix ne trahirait pas l'émotion profonde qui s'était emparée d'elle.

Etait-ce la pleine lune qui la troublait ainsi et éveillait en elle de si bouleversantes sensations ?

— Savez-vous faire la planche ?

Elle confessa qu'elle n'en était pas capable. Alors, il plaça sa paume sous la nuque de la jeune femme et lui intima gentiment l'ordre de se laisser aller.

— Détendez-vous. Vous verrez que vous flotterez toute seule. Non, n'ayez pas peur. Je maintiendrai votre tête hors de l'eau, ajouta-t-il en la sentant se raidir.

Mais ce n'était pas seulement l'appréhension qui provoquait la tension de Julia.

— Faites-moi confiance, lui souffla-t-il à l'oreille.

La barbe de Philip chatouilla la joue de la jeune femme dont l'appréhension disparut soudain à ce doux contact. Toutes ses réticences s'évanouirent et elle s'en remit entièrement à lui. Elle avait toujours agi avec une grande prudence mais, pour des raisons mystérieuses, elle reniait maintenant ses anciennes habitudes. Alors, elle le laissa glisser une main sous sa taille et s'abandonna totalement à la caresse sensuelle des vagues sur sa peau nue. Les mouvements de l'eau berçaient doucement son corps, la projetant contre le buste de Philip pour l'en éloigner de nouveau.

— Très bien ! Maintenant, remuez vos bras et vos jambes.

Elle lui obéit et se sentit brusquement désemparée quand il retira ses mains. Mais son instinct de survie l'obligea à poursuivre le mouvement. Philip restait à ses côtés, prêt à parer à toute éventualité, et elle entendait les pattes de Baylor marteler l'eau en cadence, à quelques centimètres de sa tête. Comment était-elle parvenue à surmonter sa peur ? La lune doit sûrement en être responsable, se dit-elle en levant les yeux vers l'astre dont la lumière estompait maintenant le scintillement des étoiles.

Mais, soudain, une vague la recouvrit et la submergea. Un goût âcre d'eau salée envahit sa bouche et ses narines, mais des mains puissantes la hissèrent hors de l'eau.

— Je suis désolé. J'aurais dû vous mettre en garde contre ces vagues traîtresses. Je m'y suis moi-même laissé prendre plus d'une fois !

Il la tenait étroitement enlacée et lui tapotait le dos pour l'aider à calmer sa toux.

Julia écarta de son visage les mèches dégoulinantes qui l'aveuglaient et lui lança un regard plein de reproches. Elle s'apprêtait à rétorquer durement, mais le contact de son corps nu contre le sien étouffa les mots dans sa gorge. Elle essaya désespérément de raviver sa colère pour se protéger du trouble que provoquait en elle cette soudaine intimité.

— Julia...

Avant qu'elle n'ait eu le temps de protester, les lèvres de Philip s'étaient passionnément posées sur les siennes. A quoi bon se débattre, à quoi bon lutter, à quoi bon chercher à fuir ce délicieux déchirement qu'elle appelait de toute son âme ?

7

La rencontre de leurs deux corps ruisselants lui procurait une ivresse nouvelle et délicieuse. L'eau s'avérait impuissante à éteindre l'incendie qui l'embrasait tout entière.

— Venez, murmura-t-il d'une voix rauque tandis que leurs lèvres se séparaient enfin.

Il la prit par la main et l'aida à sortir de l'eau.

— Nous ne nous arrêterons pas sur la plage. En fait, belle tentatrice, nous retournons à ce lit que vous avez quitté si précipitamment.

Il étouffa un petit rire et elle ne put s'empêcher de l'imiter. Jamais elle ne s'était sentie aussi libre. La lourde carapace de convenances qui avait été son lot venait de se briser pour donner naissance à une Julia nouvelle, merveilleusement vivante.

Ils firent halte au bord de l'eau, tant leur impatience était grande de s'embrasser une nouvelle fois.

— Petite magicienne, petite fée, petite sirène, chuchotait-il pour ponctuer chacun de ses baisers.

— Il est tellement délicieux d'être auprès de vous, murmura-t-elle en retour.

Elle l'entraîna en riant à l'intérieur de la *bure*. Ils s'arrêtèrent, essoufflés, auprès du lit.

Julia tendit vers lui des lèvres impérieuses mais, à sa grande surprise, il les prit tendrement, délicatement. La flamme dévorante qu'il avait su éveiller quelques instants plus tôt se transformait progressivement en un sentiment de tendresse infinie qui inspira à Julia un grand bonheur.

Il la fit s'allonger et prit place à côté d'elle. Cette folle impatience qu'il avait manifestée sur la plage semblait l'avoir abandonné. Des doigts légers comme des plumes parcouraient le corps frémissant de Julia. Pas une seule parcelle de chair n'échappa à la délicieuse exploration amoureuse. Elle aurait voulu que la plénitude qu'elle éprouvait fût partagée. Jamais un homme ne lui avait révélé avec une telle intensité les trésors de sensualité que recélait son corps. Chaque fibre nerveuse se tendait et vibrait, propageant dans tout son être des ondes de bien-être de plus en plus insoutenables.

— Vous êtes si belle, si belle.

Il emprisonna son visage comme pour mieux s'imprégner de la finesse de ses traits délicats.

Julia ne pouvait plus attendre. Elle saisit les cheveux encore mouillés du peintre pour l'attirer vers elle. Il ne se fit pas prier et posa ses lèvres ardentes sur la poitrine de la jeune femme qui se serra contre lui, offerte.

Alors, Philip accéda à sa prière et elle se donna à lui. Ils ondoyèrent voluptueusement au rythme d'un plaisir de plus en plus intense et ils atteignirent l'extase en se criant leur joie l'un à l'autre.

Un long silence s'ensuivit, à peine troublé par le battement sourd de leurs cœurs. Puis, lentement, ils émergèrent de la douce torpeur dans laquelle les avait plongés leur sensualité assouvie. Sans dire un mot, Philip déposa un tendre baiser sur les lèvres de Julia et se laissa glisser sur le côté. Puis il attira vers lui la jeune femme dont le corps voluptueux épousa ses formes puissantes. Ils s'endormirent ainsi enlacés, bercés par le sentiment de quiétude et de sécurité que leur procurait cette étreinte rassurante.

Un tintement de vaisselle réveilla la jeune femme. Aussitôt, une foule de souvenirs merveilleux assaillirent son esprit encore endormi.

Philip !

Julia tendit machinalement la main vers son compagnon, mais ne rencontra que le vide. Alors, elle prit conscience du bruit qui l'avait tirée de son sommeil. Mue par un désir impérieux de s'assurer qu'il était bien là, elle se dressa brusquement sur son séant.

Philip s'affairait autour de la cuisinière. Il saisit un seau d'eau douce posé sur une petite table et en remplit la cafetière.

La jeune femme comprit soudain qu'elle mourait d'envie de percer le mystère de cet homme fascinant qui avait si admirablement su s'adapter à son étrange environnement. Il avait victorieusement relevé le défi que lui lançait sa vue défaillante, qui plus est dans un milieu totalement nouveau pour lui. Cependant, pourrait-il indéfiniment franchir les obstacles qui lui barraient la route ?

Elle décida qu'il ne lui appartenait pas de répondre à cette question. Le hasard les avait mis en présence l'un de l'autre mais, passé la période de temps qui leur avait été assignée, elle ne le reverrait probablement plus. William s'était lourdement trompé en s'imaginant que Philip pourrait se laisser influencer par quiconque. Pour des raisons qu'elle ne parvenait pas à s'expliquer tout à fait, il avait choisi de s'exiler sur une île. De quel droit tenterait-elle de le détourner du paradis qu'il avait élu ?

Le soleil levant inondait de clarté l'intérieur de la *bure*. Philip n'avait pas jugé utile de s'habiller. Il affichait sa nudité sculpturale avec une aisance déconcertante. Après tout, pourquoi s'ingénierait-elle à lui imposer ses conceptions de la décence ? Il n'avait pas attendu sa venue pour vivre ainsi et il ne semblait pas s'en porter plus mal.

Son sixième sens avertit Philip que la jeune femme l'observait.

— Le café ne sera pas prêt avant cinq bonnes minutes, lui lança-t-il sans se retourner.

— Parfait. Ça me laisse le temps de faire ma toilette.

Elle rejeta la couverture d'un geste décidé et partit à la recherche de son pagne. Elle se souvint tout à coup que, la veille, elle l'avait abandonné sur la plage. Il allait lui falloir déambuler en costume d'Eve ! Puisque Philip ne semblait pas s'en formaliser outre mesure, elle décida de faire contre mauvaise fortune bon cœur et traversa la pièce avec toute la nonchalance dont elle était capable...

— J'espère que Serina va passer aujourd'hui. Nous allons bientôt être à court de pain, remarqua Philip en trempant un des derniers morceaux dans son café.

Julia apprenait à ses dépens que tremper le pain était tout un art. Si on n'y prenait pas garde, la partie immergée se ramollissait soudain et tombait au fond du bol.

— A quelle heure vient-elle, d'habitude ?

Elle regarda avec inquiétude les deux rectangles d'étoffe qui séchaient sur la corde à linge, derrière la maison. Elle les avait retrouvés humides et pleins de sable et les avait rincés dans l'eau du lagon. Pourvu qu'ils soient secs avant que la jeune fille arrive ! songeait-elle anxieusement.

En attendant, elle avait enfilé la combinaison qu'elle portait à son arrivée sous son tailleur. Les fines dentelles ajourées épousaient plus qu'elles ne

cachaient ses jolies rondeurs, mais elles lui donnaient une certaine contenance devant Philip, qui
s'était décidé à revêtir son pagne dans le but évident
de ménager sa pudeur.

— En principe, Serina me rend visite en fin de
matinée, dès que le pain sort du four. Elle passe à
peu près deux fois par semaine et elle en profite
pour faire un peu de ménage.

Julia empila les tasses vides pour masquer sa
contrariété. Après tout, n'était-elle pas capable de
s'occuper elle-même de la maison ? Sa réaction la
surprit et elle fronça les sourcils devant cette attitude exagérément possessive. Mais, bien vite, l'esprit
pratique de la jeune femme prit le dessus et offrit un
bon prétexte à son mouvement d'humeur ; habituée
qu'elle était à une activité débordante, elle s'accom-
moderait difficilement d'une vie par trop oisive !

Elle jeta un coup d'œil à son poignet et poussa un
soupir déçu.

— Quelle heure peut-il bien être ?

Sa montre avait mal choisi le moment pour
s'arrêter ! Elle s'en était rendu compte la veille au
soir et cette constatation l'avait catastrophée. Son
emploi du temps était toujours minuté et, bien
qu'elle n'eût rien de spécial à faire sur l'île, le repère
rassurant des petites aiguilles dorées lui paraissait
indispensable.

— Quelle importance ? A Yatiki, le temps ne
compte pas. Le soleil se lève et nous annonce un jour
nouveau, il se couche et nous offre la nuit.

Il ponctua ses mots d'un sourire malicieux.

— Les heures et les minutes sont une invention
humaine qui n'est ici d'aucune utilité. Nous vivons
au rythme de la nature et des besoins de notre
organisme, qui nous prévient quand il est temps de
boire, manger ou dormir.

Hier encore, cette profession de foi l'aurait fait
frémir d'horreur, mais elle éprouvait maintenant un

sentiment de plénitude qui lui permit d'accepter cette philosophie avec un sourire indulgent.

Son esprit se peupla d'évocations enivrantes tandis qu'elle parcourait des yeux l'homme qui se tenait devant elle. Son regard se posa sur les longs doigts au pouvoir enchanteur...

Pour chasser ces images envahissantes, la jeune femme se dressa soudain et débarrassa hâtivement la table. Puis elle sortit et porta la vaisselle sale jusqu'au muret de pierre qui tenait lieu d'évier. Là, elle s'arrêta pour contempler la plage blonde qui descendait en pente douce jusqu'à la mer. La veille, la lune traçait une allée scintillante à la surface des flots. Aujourd'hui, la lagune avait revêtu sa parure diurne. Le soleil éclaboussait l'océan de lumière et elle mourait d'envie de se baigner.

Une brise soudaine souleva la frondaison des palmiers.

— Pas de nuages menaçants à l'horizon ? demanda Philip du pas de la porte.

Il scrutait le ciel en plissant les yeux et la jeune femme comprit qu'il comptait sur elle pour apporter une réponse à sa question.

— Pas que je sache. Ce n'était qu'un caprice du vent.

Philip fit un grand sourire.

— Alors, profitons-en pour nous offrir une petite baignade avant que vous ne vous attaquiez à la vaisselle. Je ne serais pas surpris qu'il pleuve cet après-midi et j'ai encore du travail à faire.

Elle devina qu'il faisait allusion à son tableau inachevé et décida de ne pas contrarier à nouveau son inspiration en refusant cette invitation cordiale.

Il ôta son vêtement et Julia l'imita. Puis elle prit la main qu'il lui tendait et ils s'élancèrent à la rencontre des vagues.

— Aujourd'hui, deuxième leçon, annonça-t-il

d'une voix docte lorsqu'ils eurent de l'eau jusqu'à la taille.

— Avec plaisir, professeur.

— Nous allons étudier la respiration.

Au bout de dix minutes d'exercice, elle affirma en avoir compris le principe. Ils passèrent donc à la synchronisation des mouvements. Philip glissa une main sous le ventre de la jeune femme qui s'appliqua à remuer ses bras et ses jambes comme il le lui expliquait. Julia faisait de rapides progrès, mais elle perdit soudain sa concentration quand elle sentit les mains du peintre se refermer autour de sa taille.

— Philip! s'exclama-t-elle en se redressant sur ses pieds.

La jeune femme fut soulevée hors des flots et se retrouva emprisonnée contre son torse bronzé.

Elle se cambra de plaisir sous cette étreinte inattendue et lui tendit instinctivement les lèvres. Mais, à sa grande déception, le baiser escompté ne vint pas. Philip la reposa gentiment en exhalant un profond soupir.

— Arrière, petite sirène! J'ai bien peur de ne pouvoir me contenter d'un simple baiser.

— Qui vous le demande?

La jeune femme avait senti contre son corps l'ardeur du désir du peintre et elle ne comprenait pas qu'il se dérobe. Mais Philip devait travailler et, témoignant une fois de plus de la force de son caractère, il l'entraîna hors de l'eau.

— Le ciel a beau ne pas être menaçant, je pense qu'il va pleuvoir. Et j'ai une toile à terminer.

Julia accepta son explication à contrecœur. Elle rassembla les vêtements éparpillés sur le sable et secoua le pagne de Philip avant de le lui tendre.

Le temps qu'elle enfile sa combinaison, son corps était déjà sec. L'effet du sel sur la peau ne la dérangeait plus. Elle en découvrait et appréciait les vertus purifiantes. Mais, s'il pleuvait, elle n'hésiterait pas à se précipiter dehors munie d'une savonnette et elle espérait que le peintre se joindrait à elle. Seul l'état de ses cheveux continuait à la préoccuper. Ils doivent ressembler à une touffe de crin! se dit-elle en grimaçant.

Après avoir fait la vaisselle, Julia se promena sur la plage, puis s'installa à l'ombre d'un groupe de palmiers et observa Philip qui plaquait de larges traînées vives sur sa toile. C'était la première fois qu'elle assistait à l'élaboration d'un tableau. Jusque-là, elle ne s'y était jamais intéressée que lorsqu'il était fini.

La jeune femme se surprit à essayer de deviner la prochaine couleur qu'il allait utiliser, mais l'inspiration du peintre la prenait sans cesse au dépourvu. Il rehaussait l'éclat d'un rouge carmin par une tache de vermillon, soulignait le feu d'un jaune d'or par une zébrure orange. Elle se contenta donc d'admirer le spectacle qu'il lui offrait, déjà trop heureuse qu'il ait réussi à retrouver cet état d'esprit qu'elle avait si malencontreusement contrarié.

Philip était-il conscient de sa présence? En tout cas, il n'en laissait rien paraître. Par contre, Baylor avait ouvert un œil et l'avait accueillie joyeusement avant de retourner à sa douce léthargie. La jeune femme se sentait gagnée par une agréable torpeur. Elle avait du mal à garder les paupières ouvertes. Les senteurs de la forêt toute proche se mêlaient à l'air iodé de la mer pour venir lui chatouiller agréablement les narines.

Baylor se dirigea paresseusement vers elle et s'installa à ses côtés. Julia le caressa gentiment derrière les oreilles. Elle n'avait jamais éprouvé d'attirance particulière pour les animaux, mais le contexte conférait au labrador une personnalité qui le rendait presque humain à ses yeux. N'était-il pas un auxiliaire irremplaçable pour Philip? N'avait-il pas assisté la jeune femme dans sa première leçon de natation ?

Progressivement, les pensées se transformaient en images, les images en rêves, et elle s'assoupit.

Elle se réveilla en sursaut. Baylor s'était dressé sur ses pattes et remuait la queue en fixant l'entrée de la *bure*. Julia se retourna et vit Serina qui se tenait sur le seuil de la maison. Même à cette distance, elle put constater que la jeune femme était aussi jolie que dans son souvenir. Elle portait un paréo attaché au-dessus des seins et qui retombait en larges pans jusqu'à ses chevilles. L'ampleur inhabituelle du vêtement accentuait la noblesse de son allure.

Julia jeta un coup d'œil à Philip et comprit qu'il n'avait pas remarqué l'arrivée de son visiteur. Elle se décida donc à accueillir la jeune femme. La vue de la Mélanésienne avait provoqué en elle un étrange sentiment d'hostilité dont elle ne parvenait pas à se départir.

Elle fit appel au sang-froid légendaire qui l'avait tirée de bien des situations et lui offrit un visage souriant.

— Serina, je suppose ? Philip m'a prévenue que vous passeriez aujourd'hui pour nous apporter du pain.

Elle se rendit compte tout à coup de la façon dont elle s'appropriait Philip. La jeune femme l'avait-elle remarqué ? Mais Serina lui adressa un sourire engageant et déposa le pain sur la table.

— Je ne suis pas passée hier parce que j'avais peur de vous déranger.

Ses grands yeux bruns exprimaient une franchise désarmante et Julia fut soudain honteuse de se montrer si possessive. Elle se conduisait comme une maîtresse de maison aux prises avec un démarcheur un peu louche, songea-t-elle en précédant Serina à l'intérieur de la *bure*. Pourquoi éprouvait-elle une telle animosité à l'égard de cette jeune fille ? Se souvenant de l'étrange façon dont Serina l'avait accueillie à son arrivée sur l'île, elle se mordit les lèvres à l'évocation de la jolie Mélanésienne dans les bras de Philip.

Immédiatement, elle se reprocha cette jalousie malvenue. Comment un sentiment aussi primitif pouvait-il mettre en défaut sa froide lucidité ? Ce que Philip avait vécu avant son arrivée — ou ce qu'il vivrait après — ne la regardait absolument pas. Julia considérait leur relation comme la rencontre de deux êtres libres et responsables que le hasard avait mis en présence dans des circonstances particulièrement romantiques.

— Dois-je ranger comme d'habitude ?

L'intonation légèrement implorante qui perçait dans la question de Serina obligea Julia à la regarder.

Bien sûr ! Comment ne l'avait-elle pas compris plus tôt ? Elle maudit son manque de perspicacité. Philip ne lui avait-il pas confié les difficultés matérielles auxquelles se heurtaient les habitants de Yatiki ?

— Mais oui ! Vous croyiez que j'allais le faire ?

Serina acquiesça tristement de la tête.

— A sa dernière visite, mon mari a dit que si j'arrivais à mettre de côté ce que je gagne ici, nous pourrions être réunis avant la naissance du bébé.

Le regard de Julia se posa sur le ventre de la jeune femme. Voilà qui expliquait l'ampleur de son vêtement. En général, les Mélanésiennes portaient leur paréo très près du corps. Elle fut saisie d'un remords soudain devant ses soupçons ridicules.

— A quand l'heureux événement ?

Un sourire étincelant éclaira le visage de Serina.

— Dans cinq mois.

— Où travaille votre mari ?

A n'en pas douter, l'absence d'une épouse aussi jolie devait le faire cruellement souffrir.

— Sur le chantier d'un hôtel, à Taveuni.

Julia se souvint de la carte des îles Fidji qu'elle avait consultée avant son départ et localisa l'atoll au large de Vanua Levu. La distance qui séparait les deux époux leur posait sans doute bien des problèmes.

— Mais êtes-vous sûre que cela ne vous fatiguera pas ? s'enquit-elle, prise de scrupules à faire ainsi travailler une femme enceinte.

— Oh non ! je vous assure, répondit Serina en souriant.

Manifestement, la sollicitude de Julia l'amusait, comme s'il allait de soi qu'elle puisse s'acquitter de sa tâche sans aucune fatigue.

Elle rangea le pain dans une boîte en métal destinée à le protéger de l'humidité et se dirigea vers le lit.

— J'aère le matelas chaque fois que je viens afin de lutter contre la moisissure. Nous faisons pareil chez nous.

Elle lui expliqua qu'il était constitué de mousses séchées dont on bourrait un grand sac de toile.

Julia s'empressa de l'aider et ne put s'empêcher de rougir devant les draps défaits. Mais, après tout, il n'y avait qu'un lit dans la pièce et Serina se doutait bien qu'elle le partageait avec Philip. La jeune femme avait d'ailleurs l'air de trouver cela parfaitement naturel.

Alors, pourquoi éprouver une telle confusion ? Probablement parce que sa relation avec le peintre la déroutait tellement qu'elle craignait qu'une inconnue portât un jugement hâtif sur ce qui était pour elle une expérience unique et merveilleuse.

— Que faut-il faire d'autre ? s'enquit-elle quand Serina eut nettoyé les deux fourneaux de la cuisinière.

— Si vous voulez, vous pouvez vérifier que les boîtes de conserve sont bien à leur place. Je ne voudrais pas que Philip se retrouve avec des petits pois pour le dessert !

Julia constata que des encoches avaient été pratiquées sur les étagères du garde-manger afin de permettre au peintre de se repérer grâce à son toucher. Serina lui en expliqua le code.

— Sa vue s'est-elle détériorée depuis son arrivée ?

Julia avait posé la question qui lui brûlait les lèvres sur un ton qui se voulait détaché.

La jeune femme fronça les sourcils, essayant de se souvenir.

— Au début, nous ne nous doutions de rien. Nous remarquions seulement qu'il avait du mal à voir à la lueur des bougies. Mais maintenant...

— Il n'en utilise plus, marmonna Julia en empoignant le bougeoir dont elle s'était servie la veille.

D'une main distraite, elle caressa le bas-relief qui ornait l'objet et sa curiosité artistique lui ordonna soudain de s'intéresser à la décoration.

— C'est ravissant. Est-ce de l'artisanat local ?

La sculpture minutieuse n'avait été ni polie ni vernie, mais les oiseaux qui la constituaient — probablement des pélicans — dénotaient un talent indéniable.

Serina lui lança un regard surpris.

— Philip en est l'auteur. Ne le saviez-vous pas ? Chaque fois que Papa Nia trouve un bout de bois rejeté par la mer, il le lui met de côté. Philip adore sculpter le soir, ou pendant la saison des pluies quand il ne peut pas peindre.

Julia réprima des larmes d'émotion. Rien ne semblait pouvoir venir à bout de l'inépuisable créativité de cet artiste. La découverte de son mal avait dû lui porter un rude coup mais, loin de se résigner, il était venu chercher dans cette île paradisiaque l'inspiration nécessaire pour déjouer les caprices du destin. La façon dont il avait su changer son style de peinture témoignait de son acharnement et de sa volonté de mener à bien ce combat. De quel droit intervenait-elle dans sa lutte, au risque de troubler une sérénité durement acquise ? Que les succès mondains et l'argent devaient lui paraître futiles face à ce défi qu'il s'était lancé à lui-même ! Elle ne le connaissait pas depuis longtemps mais elle savait déjà qu'il ne quitterait pas sa retraite avant d'avoir fixé lui-même les conditions de son retour à la civilisation.

La voix de Serina interrompit brusquement ses pensées.

— Je vais chercher de l'eau. Voulez-vous m'accompagner ?

Serina se saisit d'un seau et les deux femmes se dirigèrent vers la forêt. La jeune Mélanésienne emprunta un étroit sentier qui s'enfonçait dans l'île. Elle disparut bientôt parmi les taillis, comme happée par la flore luxuriante de cette jungle hostile. Julia hésita un instant puis, prenant son courage à deux mains, s'engagea sur les traces de son guide. Dire que la traversée du parc soigneusement entretenu que surplombait son appartement de Los Angeles faisait pour elle figure d'expédition ! Mais il est vrai que ces dernières quarante-huit heures lui en avaient appris beaucoup sur ses propres facultés d'adaptation ! Elle accepta donc cette randonnée comme une épreuve supplémentaire.

L'air chaud et moite était chargé d'une odeur d'humus étrangement agréable. La lourde frondaison des arbres faisait écran aux bruits de l'océan, fond sonore incessant qui l'avait bercée depuis son arrivée. Le rythme de la forêt était différent. Le vent soulevait par saccades les branches les plus hautes et son souffle bruissait à travers le feuillage épais.

Serina l'attendait à un détour du sentier et Julia ne put réprimer un soupir de soulagement. Bien que sa raison lui indiquât qu'elle était en sécurité, elle ne pouvait se défendre contre un obscur sentiment de crainte à affronter ainsi l'inconnu.

Elles parcoururent ensemble une centaine de mètres et atteignirent une falaise escarpée qui leur barrait la route. Un mince filet d'eau s'échappait de ses flancs rocailleux et tombait en une fine cascade jusqu'à une petite mare qui s'étalait à leurs pieds.

— Autrefois, ce n'était qu'une flaque boueuse mais Papa Nia en a tapissé le fond de cailloux pour que l'eau reste claire.

Sur ces mots, la jeune femme plongea le seau dans l'onde limpide.

— Je vais enfin pouvoir prendre un bain ! s'exclama Julia.

Pourquoi Philip avait-il prétendu que ce n'était pas possible ?

— Oh ! Non, s'écria Serina. Cette source est trop précieuse. Elle ne coule qu'après la pluie. Pendant la saison sèche, il faut traverser l'île pour trouver de l'eau potable. Néanmoins, pousuivit-elle devant la mine désappointée de Julia, vous pouvez toujours vous en verser un ou deux seaux sur la tête quand la mare est pleine.

Malgré sa déception, elle se promit de suivre les sages conseils de Serina et de se contenter de cette douche de fortune.

Quand elles furent de retour, de gros nuages noirs s'amoncelaient à l'horizon, donnant raison aux prédictions de Philip.

Serina se hâta de rentrer et Julia rejoignit le peintre. La toile était presque achevée et elle fut de nouveau frappée par l'expression d'exultation qui s'en dégageait.

— C'est très bon, murmura-t-elle.

— Mais encore ?

Julia savait qu'il s'adressait à l'experte en œuvre d'art.

84

Elle marqua une pause pour analyser ce que lui suggérait le tableau.

— Je n'ai vu que deux exemplaires de votre « nouvelle période » et je suis frappée par leur opposition. Pourtant, vous avez sensiblement utilisé la même palette de couleurs. Celle-ci m'évoque un intense sentiment d'allégresse, un bonheur ineffable.

— C'est exactement ce que j'ai essayé d'exprimer, mais je n'étais pas certain d'y être parvenu.

Il prit un air amusé pour lui demander :

— Et que pensez-vous de la toile que m'a soutirée Cornell ?

Julia s'était préparée à la question.

— Attendez-vous à voir débarquer une nuée d'admirateurs le jour où William se décidera à l'exposer !

Le sourire de Philip s'élargit.

— Elle a déjà produit le résultat escompté. Vous êtes là !

Qu'entendait-il par ces paroles ? Suggérait-il que l'appel vibrant du tableau l'avait personnellement émue ?

— Je ne serais pas venue si mon directeur ne m'avait pas forcé la main.

C'est bien ce dont elle avait essayé de se persuader depuis le début. Pourtant, le froncement de sourcils sceptique avec lequel Philip accueillit cette affirmation l'obligea à y revenir plus lucidement.

Bien sûr, William avait insisté pour qu'elle accepte sa mission. Pourtant, elle devinait que sa décision obéissait à un motif plus profond. N'était-elle pas impatiente de revoir cet homme ? L'étrange fascination qu'elle avait ressentie à leur première et brève rencontre ne continuait-elle pas de s'exercer sur elle ?

Il lui fallait bien admettre que si. Sinon, comment expliquer qu'elle se soit donnée à lui aussi vite ?

Jusque-là aucun homme n'avait réussi à prendre en défaut la cuirasse d'indifférence qui protégeait sa sensibilité. Elle soupçonnait l'existence d'élans passionnés au plus profond d'elle-même et elle en redoutait les effets. C'est sans doute pour cette raison qu'elle les avait toujours réfrénés. Mais un seul baiser de Philip avait suffi à les faire éclore. Elle espérait seulement que, loin de sa source nourricière, cette floraison se fânerait rapidement. De retour à Los Angeles, ce moment d'égarement passager serait bien vite relégué dans le jardin secret de sa mémoire.

Elle détourna son regard de l'expression narquoise du peintre et se hâta de changer de sujet de conversation.

— On dirait que la pluie que vous aviez annoncée ne va pas tarder...

Il tendit l'oreille et Julia l'imita. Elle prit soudain conscience de l'absence insolite de tout bruit. Les oiseaux avaient cessé leurs gazouillis et les criquets s'étaient tus comme par enchantement. Même les feuilles des palmiers avaient interrompu leur incessant bruissement.

Cet étrange silence devint vite oppressant et Julia se rapprocha de Philip, comme pour chercher protection auprès de lui. Un frisson d'inquiétude la parcourut tandis qu'elle observait la surprenante métamorphose de l'océan ; les flots habituellement bleu turquoise étaient devenus d'un gris métallique et on pouvait apercevoir, au loin, l'écume blanche qui ornait la crête de grosses vagues menaçantes.

— Nous ferions mieux de rentrer, déclara le peintre en rangeant précipitamment ses couleurs dans un coffret à dessin. Un orage se prépare.

— Je vais vous aider.

Elle souleva la toile pour qu'il puisse replier le chevalet.

— Merci. Mais faites attention, elle n'est pas encore sèche.

Escortés par Baylor, ils se précipitèrent vers la *bure*.

Les premières rafales de vent les avaient surpris avant qu'ils n'aient atteint la maison et avaient failli arracher la toile des mains de la jeune femme.

Elle la déposa avec précaution sur la table et se hâta de rentrer le matelas que Serina avait installé sous la véranda. Pendant ce temps, Philip contourna la maison pour dérouler une à une les nattes qui tenaient lieu de volets. Quand il eut enfin calfeutré la dernière ouverture, l'obscurité était telle que la jeune femme dut allumer une bougie.

Comme pour compenser le calme trompeur qui avait précédé la tempête, les grandes feuilles des palmiers claquaient au vent avec une violence redoublée. Un éclair zébra le ciel de sa lumière blanche. Puis, presque simultanément, un roulement de tonnerre assourdissant retentit, suivi par le crépitement caractéristique de la pluie sur le toit de chaume.

Julia se rapprocha du peintre, apparemment imperturbable. Elle avait toujours été protégée des orages par des murs de béton et d'acier. Les fragiles parois de fibres tressées qui l'abritaient maintenant lui paraissaient incapables de résister à la furie des éléments déchaînés.

Une rafale particulièrement violente sembla lui donner raison. La bâtisse menaça de se disloquer sous cet assaut du vent. Avec un cri de terreur, Julia se précipita dans les bras de Philip, qui se refermèrent aussitôt sur elle.

— N'ayez pas peur, ce genre d'orage ne dure jamais.

Mais les paroles apaisantes du peintre ne suffirent pas à calmer la frayeur de la jeune femme. Le tonnerre gronda de nouveau et elle enfouit la tête au creux de son épaule.

La peur n'était pas seule responsable des frissons qui la secouaient. Le changement de temps avait provoqué une baisse brutale de la température.

— Vous avez froid ? lui souffla-t-il dans l'oreille.

Il lui frotta gentiment le dos et, imperceptiblement, la caresse se fit plus tendre, plus sensuelle, s'attardant sur la cambrure de ses reins, remontant lentement jusqu'à sa nuque délicate.

— Savez-vous quel est l'endroit où je pourrais le mieux vous réchauffer ? murmura-t-il d'une voix rauque. Vous vous souvenez ?

Julia acquiesça, incapable de maîtriser la flambée de désir qu'il provoquait en elle. Elle lui tendit les lèvres. Il les pressa longuement comme s'il voulait se rassasier à leur source. Devant tant d'ardeur, la jeune femme se sentait défaillir. Ses jambes se dérobèrent sous elle et elle dut s'agripper à lui pour ne pas tomber. Elle se pressa contre son corps brûlant, plaqua ses formes souples contre ses muscles solides comme si elle voulait se fondre en lui.

Désormais indifférents aux caprices du climat, ils se dirigèrent vers le lit, amoureusement enlacés...

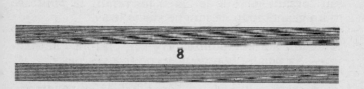

8

Quand Julia se réveilla, le fracas de l'orage s'était enfin apaisé. La lumière qui filtrait dans la pièce lui apprit qu'il faisait encore grand jour.

Elle poussa un soupir de satisfaction et se pelotonna contre Philip, qui dormait paisiblement. Des bribes d'un rêve qui n'en était pas un s'accrochaient à son esprit encore embué de sommeil; la caresse brûlante de mains expertes, le contact délicieux d'un corps aussi exigeant que généreux...

Philip bougea dans son sommeil pour mieux épouser les formes lisses de la jeune femme. Une main tâtonnante remonta le long de son buste et vint se refermer sur le galbe tendre d'un sein. Ce contact arracha à Julia un frémissement de plaisir.

Les sensations que lui procurait cette chaude proximité, ces bras qui l'enlaçaient, le souffle tiède du dormeur contre sa joue, la fascinaient. Un sourire ému se dessina sur ses lèvres tandis qu'elle s'émerveillait de la délicieuse torpeur qui l'enveloppait.

Par ses baisers tendres et ardents, ses étreintes

qui savaient si bien provoquer son désir pour mieux l'assouvir ensuite, Philip l'avait éveillée à une sensualité nouvelle.

En constatant qu'elle avait ouvert les yeux, Baylor se dressa et s'étira avec un long bâillement. Il trottina ensuite jusqu'au lit afin de lui souhaiter le bonjour d'un joyeux mouvement de queue. Julia lui tapota affectueusement la tête mais ne put réprimer un sursaut lorsque le chien lui rendit la politesse d'un grand coup de langue sur le bras.

Philip, qui avait assisté à la scène, éclata de rire. Il s'étendit sur elle pour caresser à son tour l'animal.

— Sa peau a bon goût, tu ne trouves pas ?

Et, pour appuyer son affirmation, il imita le chien en passant la langue sur l'épaule de la jeune femme.

— Ça suffit ! s'exclama-t-elle en riant.

Elle se dégagea de l'étreinte du peintre.

— Je sais que je suis salée, mais tout de même...

D'une main ferme, Philip immobilisa son visage et lui lança un regard qui se voulait menaçant.

— Hum ! Je vais vous dévorer.

Elle surprit la lueur malicieuse qui dansait dans ses prunelles.

— Pitié, messire. Je ne suis qu'une pauvre naufragée sans défense. Je vous demande humblement asile et protection.

— Vous ne pouviez pas mieux tomber, ma chère enfant. Car je suis l'ogre des contes de fées...

Il poussa un ricanement diabolique et emprisonna voracement sa bouche. La jeune femme ne put réprimer un fou rire. Nullement découragé, Philip couvrit sa gorge de baisers.

— Epargnez-moi au moins le supplice de votre moustache.

— Que lui reprochez-vous ?

— Elle pique, affirma Julia, sans se laisser décontenancer par les caresses du peintre.

La réflexion de la jeune femme le freina dans son

élan et il se dressa sur un coude en lissant de la main la moustache incriminée.

— Pourtant, Serina me la taille régulièrement.

Julia commençait à apprécier la jeune Mélanésienne, mais elle eut un mouvement d'humeur en entendant prononcer son nom dans de telles circonstances. D'une brusque bourrade, elle déséquilibra le peintre qui tomba à la renverse sur le lit. Elle en profita pour se lever et gagner le milieu de la pièce afin d'enfiler sa combinaison.

— Eh bien ! Je vais prendre la relève. Où sont les ciseaux ?

— Maintenant ?

— Pourquoi le remettre à plus tard ?

— Mais nous avons certainement mieux à faire.

— Mon fragile épiderme n'est pas de cet avis.

— Très bien, je m'incline. Mais attention à ne pas me massacrer !

Il étira ses longues jambes et s'assit au bord du lit en exprimant sa résignation par un long soupir.

— Où la tonte doit-elle se dérouler ?

— Tonte est le mot qui convient, dit-elle en évaluant d'un œil critique la masse de boucles brunes qui ne laissaient voir que ses yeux et son nez.

Tout à coup, elle se demanda quelle mouche la piquait de vouloir ainsi jouer les coiffeurs. Elle était tout à fait novice en la matière et le résultat risquait d'être catastrophique. Mais elle se rassura en se disant qu'une coupe, même approximative, valait toujours mieux que l'épaisse toison qui lui dissimulait le visage.

— Je suggère que l'opération se passe dehors, répliqua-t-elle d'un ton ferme pour cacher son manque d'assurance.

Il noua son pagne d'un air boudeur et se laissa entraîner jusqu'au muret de pierre, comme un petit garçon qu'on emmène de force chez le coiffeur.

— Alors, où sont les ciseaux ?

— Dans le tiroir.

— Quel tiroir ?

— Il n'y en a qu'un, à côté de la cuisinière. Au moins, vous ne risquez pas de vous tromper.

— Et le peigne ?

— Mais c'est un interrogatoire en règle ! Voilà belle lurette que le mien a perdu toutes ses dents !

— A voir votre tignasse, j'aurais dû m'en douter. Je me contenterai donc du mien.

Elle disparut dans la *bure* et en revint bientôt, armée des accessoires requis.

— Bien ; maintenant tenez-vous tranquille pendant que je travaille.

— J'espère au moins que j'aurai droit à une récompense, après.

Il lui lança un regard suggestif.

— Pas de familiarité, je vous prie.

— Je ne dis plus rien, promis.

Mais il ne s'était pas engagé à rester immobile et, pendant qu'elle se concentrait sur sa chevelure, il promena doucement ses longs doigts sur ses jambes.

— Je vois que vous aimez vivre dangereusement, dit la jeune femme en faisant claquer ses ciseaux.

Elle tentait ainsi de masquer le trouble que provoquait en elle cette caresse inattendue.

— Mon heure de vengeance viendra, maugréa-t-il en croisant docilement les mains sur ses genoux.

— Comment ? Des menaces ? Je ne sais pas ce qui me retient de vous signaler au syndicat des barbiers !

Ils éclatèrent de rire et Julia dut attendre qu'ils se fussent calmés pour reprendre son travail.

Il y avait bien longtemps qu'elle ne s'était pas sentie d'humeur aussi joyeuse. Bien sûr, leur humour n'était pas très intellectuel, mais il témoignait d'une complicité qui l'enchantait.

L'image qu'elle conservait du Philip Holt rencontré deux ans auparavant lui servit de modèle pour mener à bien sa tâche. Elle s'attaqua d'abord à la barbe et à la moustache, puis entreprit d'égaliser les cheveux.

L'expression du peintre passa de l'appréhension à la résignation.

— J'espère au moins que vous êtes douée.

— Moi aussi, parce que je n'ai jamais encore eu l'occasion d'exercer mes talents.

— Si je comprends bien, vous me prenez comme cobaye. Charmant ! Enfin, de toute façon, c'est vous qui aurez à supporter le spectacle quotidien de ma chevelure abîmée. J'aimerais que vous en soyez rongée de remords.

Sans prêter attention à ses sarcasmes, elle continua de tailler avec une grande application et, après avoir donné un dernier coup de ciseaux, se recula pour juger de l'effet obtenu.

— Pas mal, affirma-t-elle d'un ton qui se voulait rassurant. Bien sûr, il y a quelques trous, mais avec le temps, ils disparaîtront.

Philip vérifia à tâtons le résultat du travail de la jeune femme.

— Eh bien ! Je dois dire que j'éprouve maintenant la plus vive sympathie pour ce pauvre Samson qui s'est réveillé un beau matin tondu comme un œuf.

— Etes-vous en train de chercher un prétexte à votre vengeance ?

— Je n'ai pas besoin de prétexte !

Avant qu'elle n'ait eu le temps d'esquisser un geste, il était sur elle et l'emprisonnait contre son corps. Le soleil les baignait d'une lumière éclatante et Philip examina le visage de la jeune femme avec une émotion intense. Puis sa figure s'éclaira d'un sourire éblouissant.

— Nous pourrions nous livrer à une petite expérience hautement scientifique ; de l'effet de la coupe des cheveux sur l'ardeur des baisers ! Je ne pense pas qu'aucune recherche n'ait été faite dans ce domaine.

— Idiot ! s'exclama-t-elle en riant.

Mais son rire fut interrompu, les lèvres de Philip se pressaient contre les siennes, réclamant et donnant à la fois. Les mains de Julia frôlaient et caressaient son compagnon tandis que celles du peintre s'appropriaient le corps vibrant de la jeune femme.

— Alors, qu'en dites-vous ?

Elle cligna des yeux, s'efforçant de comprendre à quoi il faisait allusion. Puis elle émit un petit rire de gorge.

— Eh bien ! Je dis que l'expérience requiert de plus amples investigations afin de disposer de toutes les données nécessaires.

— Je rejoins tout à fait votre analyse.

Il la souleva joyeusement dans ses bras et la porta jusqu'à l'intérieur de la *bure*. Là, il la déposa à côté du lit.

— Voulez-vous que je vous dise ? lança-t-elle tandis que Philip la déshabillait. Vous devriez également vous pencher sur un sujet passionnant : de l'effet du climat tropical sur la chute intempestive des vêtements. Depuis que je suis arrivée à Yatiki, je ne parviens pas à garder le moindre bout de tissu sur le dos plus de quelques minutes !

Il fit glisser la chemise le long du corps de la jeune femme et couvrit les formes dénudées de baisers humides. Puis il se débarrassa de son pagne. Julia frémit devant la vision magnifique de ce corps bronzé.

— Je sais bien que vous êtes un adepte inconditionnel du naturisme...

Mais, sans la laisser poursuivre, il la renversa sur le lit.

— Je suis un adepte inconditionnel de Julia Stuart.

94

Et, ce soir-là, il lui en fournit la preuve la plus sincère qu'un homme puisse donner à une femme.

Le lendemain, après un petit déjeuner très matinal, Philip s'empara de sa toile et de ses pinceaux et s'installa sur la plage. Envahie par un intense sentiment de plénitude, Julia s'affaira à l'intérieur de la maison en fredonnant. Elle aéra le matelas conformément aux conseils de Serina, puis elle fit la vaisselle en s'accordant toutefois un léger écart par rapport aux consignes de la jeune Mélanésienne. Puisqu'il avait beaucoup plu la veille, elle estima raisonnable d'utiliser le reste d'eau pour rincer les assiettes.

Ensuite, elle s'empara du seau et se dirigea vers la forêt verdoyante. Si ses suppositions s'avéraient exactes, la mare serait pleine et elle pourrait s'offrir cette douche tant attendue. Ses cheveux étaient tout emmêlés à cause du sel qui les rendait incoiffables. Et elle utiliserait l'eau restante de la source pour rincer sa combinaison.

La veille, elle s'était contentée de suivre Serina le long du sentier et n'avait pas prêté attention au décor mystérieux qui l'entourait. Mais, avec le temps, cet environnement sauvage lui devenait familier et elle le détailla d'un œil serein. Toutes les nuances de vert étaient présentes dans cette végétation touffue qui étalait devant elle l'épaisse dentelle de son feuillage. Le soleil jouait avec les arbres, profitait de la moindre trouée pour engouffrer ses rayons dans la pénombre moite. Comment n'avait-elle jamais été sensible à la merveilleuse palette de couleurs qu'offrait la nature ? Pourquoi n'en avait-elle jamais apprécié la beauté que transposée sur une toile ?

Julia se mordit la lèvre en devinant la réponse à sa question. Elle avait choisi un mode de vie qui lui permettait d'évoluer dans un univers esthétique artificiel. Tout ce qui n'était pas conforme à ses critères du bon goût était impitoyablement écarté, même si elle en ressentait obscurément la richesse profonde.

Des images confuses de son enfance lui revinrent en mémoire. Sa mère était obsédée par la propreté de sa maison et elle lui faisait d'incessantes recommandations pour qu'elle ne salisse rien. L'enfant sensible qu'était Julia avait été tellement marquée par cette tension continuelle qu'elle n'osait plus sortir de chez elle de peur d'y ramener des traces de ce monde insensé et chaotique qui l'entourait. Elle avait vite compris que le meilleur moyen de gagner l'approbation maternelle était de garder une apparence irréprochable. Elle se souvenait de la panique qui s'emparait d'elle quand, par mégarde, elle tachait ses vêtements ordinairement immaculés. Etait-ce pour cela qu'elle ne se promenait jamais dans les parcs, qu'elle déclinait systématiquement toutes les parties de campagne que lui proposaient ses amis ?

Julia atteignit enfin la cascade et elle décida de remettre ses réflexions à plus tard. La pluie avait augmenté le débit de la source qui éclaboussait joyeusement les rochers et se jetait dans la mare avec un clapotis musical. Cette constatation balaya les hésitations de la jeune femme. Elle plongea immédiatement le seau dans l'eau claire, mais elle faillit le lâcher de saisissement quand elle le renversa sur sa tête. Habituée à la tiédeur de l'océan, elle ne s'attendait pas à ce contact glacé qui lui coupa le souffle. Cependant, passé le premier choc, la douche s'avéra rafraîchissante à souhait.

A son retour, Julia étendit sa combinaison mouillée sur la corde à linge et s'enroula dans son pagne. Le soleil sécherait vite la chemisette et elle pourrait l'enfiler le jour suivant afin de laver le pagne. En alternant ainsi ses tenues, elle disposerait au moins de vêtements propres.

La jeune femme traversa la *bure* et s'arrêta sur le seuil pour constater que Philip était toujours absorbé par son travail. Son regard revint à l'intérieur de la maison et se posa sur un angle de la pièce où des nattes étaient disposées de façon à former une sorte de placard. William disait avoir vu un bon nombre de toiles achevées ; elles ne pouvaient être que là...

Philip en avait encore pour un moment. Il ne risquait pas de rentrer à l'improviste. Julia fit taire ses scrupules et elle détacha le panneau qui servait de porte au cagibi. Après tout, cette curiosité ne constituait-elle pas l'objet même de sa mission ? Elle devait convaincre le peintre de confier à la galerie Cornell l'exclusivité de ses œuvres. Il fallait donc qu'elle les examine. Et puis l'humidité risquait de détériorer les fragiles pigments et elle devait agir avant que la moisissure n'occasionne une perte irréparable pour l'art.

La jeune femme découvrit une vingtaine de toiles. Elle les transporta dehors et les aligna le long de la *bure* pour les contempler en plein soleil. L'une semblait représenter Serina, une autre Papa Nia. Mais ces deux tentatives de portrait n'avaient visiblement pas satisfait leur auteur, qui les avait sauvagement zébrées de peinture noire. Quelle frustration avait dû éprouver Philip en constatant qu'il n'était plus capable de différencier les nuances délicates qui lui permettaient autrefois de créer l'illusion de la vie ! Comment était-il parvenu à surmonter cette terrible épreuve ?

Julia put retracer grâce à l'évolution de ses tableaux les différentes phases du combat qu'il avait livré contre son destin. Les premiers proclamaient une colère sans partage. De violentes stries lacéraient furieusement un fond sombre. La jeune femme ressentit comme siens les tourments que trahissaient ces teintes lugubres. A quel moment l'artiste avait-il compris que ce défoulement pictural constituait en fait une véritable forme d'expression ?

La prise de conscience avait dû être brutale, car le style passait sans transition de cette débauche de couleurs hétéroclites jetées pêle-mêle sur la toile à un style affiné qui montrait l'éclosion d'un talent nouveau. Bien sûr, la colère n'en était pas absente, mais une sérénité de plus en plus grande s'y substituait, reflétant l'apaisement qu'avait procuré à l'exilé le spectacle de la nature environnante. On avait envie de plonger dans les bleus lumineux qui évoquaient si bien les eaux calmes du lagon.

Comment en était-il arrivé à la plénitude artistique qu'exprimaient ses deux dernières toiles ? Celle, d'abord, qu'il avait offerte à William où l'on pouvait clairement déchiffrer un vibrant message d'espoir. Julia ne put réprimer un frisson en songeant à la réaction que le tableau avait provoqué en elle...

Et puis cette autre, qu'elle avait devant les yeux, et qui lui rappelait un vol de goélands. L'âme de l'artiste semblait s'échapper de la matière et s'envoler tel un oiseau épris de liberté.

Philip était doué d'un merveilleux pouvoir, puisqu'il arrivait à rendre, grâce à des couleurs, ce que la plupart des gens ne pouvaient même pas traduire par des mots.

Quant à sa dernière réalisation... Julia jeta un coup d'œil en direction du peintre qui appliquait une touche d'ocre sur un fond jaune d'or. Il avait commencé la toile après son arrivée. Un immense sentiment de griserie envahit la jeune femme. Etait-elle à l'origine de cette inspiration radieuse ?

Après qu'elle eut rangé les toiles, la jeune femme s'accouda à la table et fronça les sourcils dans un effort de concentration. Il fallait qu'elle reprenne le contrôle de ses émotions, aussi agréables fussent-elles. Elle avait un travail à accomplir qui exigeait qu'elle garde la tête froide : convaincre Philip Holt de lui confier ses œuvres. Comment allait-elle s'y prendre pour lui présenter la chose ?

Elle se souvint des terribles accusations du peintre, le lendemain de son arrivée. La soupçonnait-il toujours de vouloir se servir de ses charmes comme d'une monnaie d'échange ? Elle écarta aussitôt cette horrible pensée ; après ce qui s'était passé entre eux, il devait être convaincu de sa sincérité.

Mais des doutes soudains balayèrent le bel optimisme de la jeune femme. De quel droit préjugeait-elle des sentiments de Philip ? Peut-être lui prêtait-il toujours ces intentions coupables et avait-il profité sans scrupule de l'intermède qu'elle offrait à sa solitude ?

Elle resta longtemps à ressasser les pensées contradictoires qui se bousculaient dans son esprit. Tout à coup, elle se leva comme si elle ne pouvait plus supporter le confinement de la pièce, comme s'il lui fallait fuir les étranges sensations qui l'envahissaient.

Julia sortit de la *bure* et hésita sur la direction à prendre. Elle pouvait suivre le sentier qui conduisait au village, ou longer la plage où se trouvait Philip. Comme elle n'avait aucune envie d'affronter le regard curieux des villageois, elle opta pour la deuxième solution.

Philip était installé face à l'océan. Pourtant, elle décida de ne prendre aucun risque et progressa en bordure de forêt.

Elle retint son souffle quand elle vit Baylor dresser une oreille. Mais le chien la reconnut et, après un bref mouvement de queue, il retourna à sa douce somnolence.

Le sable étouffait le bruit des pas de la jeune femme. Elle atteignit bientôt un promontoire rocheux qui dissimulait la plage et ses deux occupants. Le paysage qu'elle découvrit alors était bien différent du paisible lagon. La grève rocailleuse s'étalait en une étroite bande entre la forêt et l'océan.

Julia se dirigea vers un tronc d'arbre aux formes noueuses qu'une tempête avait fait échouer sur la rive. Elle s'installa sur l'écorce polie par les flots et contempla la mer. Au loin, elle apercevait l'écume blanche des vagues qui se brisaient sur la ceinture de récifs. Mais le vent du large balayait cette côte et charriait de gros rouleaux qui franchissaient victorieusement la barrière protectrice pour finir leur course sur la plage dans un grondement menaçant.

Bien que majestueux, ce spectacle était inquiétant. La jeune femme comprit mieux que jamais pourquoi Philip avait choisi le refuge paradisiaque du lagon aux eaux turquoise.

Allait-elle jouer les tentatrices et le chasser de cet éden qu'il s'était créé à force de courage et d'abnégation ? Si elle pouvait ramener avec elle les toiles de Philip, William saurait certainement lui prouver sa reconnaissance. Du même coup, elle fournirait à l'artiste une seconde chance.

Mais qu'adviendrait-il de l'homme ? Julia laissa échapper un profond soupir. Elle devinait les tourments qu'il avait dû endurer avant de surmonter la fatalité qui l'avait frappé. Il avait trouvé son équilibre dans ce petit paradis. Mais que se passerait-il quand son secret serait trahi ? Elle ferma les yeux pour effacer la vision de hordes de curieux déferlant sur l'îlot perdu. Allait-elle en toute conscience provoquer la destruction de ce havre de paix qu'il avait péniblement construit ?

Si Philip recherchait le succès, il aurait tout de suite accepté la généreuse proposition de William au lieu de l'éconduire en lui donnant une toile comme consolation.

A l'évocation de la toile, un pli soudain barra le front de la jeune femme. Pourquoi avait-il eu ce geste ? Il devait pourtant se douter que, loin de le satisfaire, ce cadeau augmenterait la convoitise d'un individu comme William.

« Elle a déjà produit le résultat escompté. » La remarque de Philip lui revint en mémoire. Il n'avait tout de même pas utilisé le tableau pour attirer la jeune femme jusqu'à lui ? Un fourmillement de plaisir lui parcourut le corps, mais elle se reprit aussitôt. S'il avait éprouvé une telle hâte de la revoir, le peintre se serait certainement arrangé pour la contacter alors qu'il était encore aux Etats-Unis, au lieu de lancer cette hasardeuse bouteille à la mer ! Mais peut-être la présence de sa mysté-rieuse compagne l'en avait-elle empêché ?

Julia décida de remettre toutes ces questions à plus tard. En attendant, il lui restait dix jours à passer avec cet homme fascinant. Pourquoi dédai-gner une telle aubaine ? Et puisqu'elle ne résistait pas à l'attirance irrésistible qu'il exerçait sur elle, ne fallait-il pas profiter de chaque minute passée en sa compagnie ?

De retour à Los Angeles, elle aurait bien le temps de se poser des questions, de supputer, d'analyser. Mais à présent, les instants lui étaient comptés et elle décida de donner toute liberté à cette Julia déroutante qui avait vu le jour au contact de Philip, et dont elle n'avait jamais soupçonné l'existence.

9

D'un pas léger, la jeune femme rejoignit le peintre et se laissa tomber sur le sable, à côté de Baylor. Le chien s'étira, lui offrit son flanc pour qu'elle le caresse. Elle lui donna une tape amicale. Décidément, ses propres réactions ne cessaient de la surprendre. Ayant toujours eu horreur des animaux, elle s'étonnait de s'être prise d'affection pour ce chien qui, il est vrai, le lui rendait bien.

Philip lui jeta un coup d'œil par-dessus son épaule et lui adressa un sourire de bienvenue.

— Vous allez bien ?

— Merveilleusement ; et vous ? Vous avez bientôt fini ?

— Ça manque un peu de vigueur, reconnut-il avant de se plonger à nouveau dans son travail.

La délicieuse complicité qui les unissait rendait toute parole inutile. Campé sur ses longues jambes, fouillant le sable de ses orteils, Philip parachevait son œuvre de touches de couleurs judicieusement disposées. Les branches des palmiers qui se balançaient au vent faisaient des ombres changeantes sur son grand corps bronzé et dans sa chevelure parsemée de fils blancs. Julia éprouva soudain l'irrésistible envie de se jeter dans ses bras, de savourer le contact de son corps contre le sien. Rangerait-il ses pinceaux pour refermer ses bras sur elle et l'étendre sur la plage comme l'autre jour ?

La jeune femme eut tout d'un coup l'impression que le pagne qui lui enserrait le buste l'empêchait de respirer. Les résolutions qu'elle venait de prendre semblaient avoir balayé ses dernières réserves. Mais elle décida d'attendre le soir pour lui en donner la preuve.

Comme elle l'espérait, Julia fut récompensée de son attente, et leur étreinte dépassa en intensité tout ce qu'ils avaient connu jusque-là. Quand elle s'offrit à lui, elle mit dans ce don d'elle-même les trésors de générosité qu'elle avait toujours soigneusement enfouis de peur de ne rien recevoir en retour. Elle lui prodigua une infinie tendresse, tour à tour mère et enfant, épouse et maîtresse.

Et Philip sut lui témoigner toute sa gratitude. Ils furent happés ensemble par une vague déferlante de bonheur qui les laissa pantelants et comblés.

— Julia, vous êtes merveilleuse, lui murmura-t-il tandis qu'ils émergeaient lentement des abysses de volupté où les avaient plongés leurs sens.

Il avait reçu son message d'amour et cette constatation ajouta à la douce langueur qui enveloppait la jeune femme.

Serina arriva le lendemain matin chargée d'une miche de pain et d'un panier d'œufs.

— Les jeunes poules commencent à pondre, annonça-t-elle à Julia en lui tendant son présent.

Elle sortit de sous son bras une figurine de bois, qu'elle déposa sur la table avec mille précautions.

— L'autre jour, vous sembliez intéressée par les sculptures de Philip ; alors, je vous en ai apporté une. Il m'a offert celle-ci pour mon anniversaire. Il en a donné plusieurs à Papa Nia. Et puis il a réalisé un buste de moi dont il a fait cadeau à mon mari pour qu'il ne m'oublie pas.

A ces mots, les yeux de la jolie Mélanésienne s'emplirent de larmes.

— Il n'y a aucun danger que cela se produise, affirma Julia pour la rassurer.

Elle ne pouvait détacher son regard de la statuette qui représentait Baylor, la tête légèrement inclinée sur le côté, dans l'attitude caractéristique qu'il adoptait lorsqu'il essayait de deviner les intentions de son maître.

L'œuvre était criante de vérité. Combien de fois les mains habiles de l'artiste avaient-elles parcouru son fidèle compagnon avant de reproduire son expression avec une telle précision ? Un long frisson parcourut Julia à l'évocation de ces mains sur son propre corps. Conservaient-elles de ses formes un souvenir aussi persistant ?

La jeune femme caressa la surface polie du bois, s'émerveillant des multiples facettes du talent de Philip.

— N'a-t-il jamais réalisé de sculpture plus grande ?

— Malheureusement le « bois flotté » se fend souvent en séchant. Papa Nia a coupé un arbre qu'il a débité en grosses bûches, mais il est encore trop vert pour que Philip l'utilise.

Avant de partir, Serina regarda la combinaison que Julia avait étendue sur la corde à linge. Elle en palpa timidement la bordure de dentelle.

— Ce vêtement coûte-t-il très cher ?

Julia s'abstint de lui confier le prix exorbitant qu'elle avait payé pour cette petite fantaisie.

— Si vous voulez, je vous l'échange contre une robe que votre grossesse ne vous permet pas de porter en ce moment. Je ne voudrais pas utiliser les chiffons de Philip trop longtemps! avoua-t-elle en riant.

Serina n'en croyait pas ses oreilles.

— C'est vrai, vous voulez bien? Je vous en apporte une tout de suite!

Sur ces mots, elle partit à la hâte, comme si elle craignait que Julia ne se ravisât.

La jeune femme réapparut en fin de matinée et lui offrit deux robes.

— Il faut que vous en ayez une de rechange, affirma-t-elle d'un ton péremptoire.

Elle s'en fut aussitôt en pressant sur son cœur son précieux butin.

Les jours s'écoulaient lentement, dans une atmosphère de sérénité radieuse. Julia ne s'étonnait plus de l'aspect insolite de la situation. Le destin lui avait offert deux semaines de trêve merveilleuse loin d'un monde agité qui lui paraissait de plus en plus irréel. Elle appartenait maintenant à l'univers féerique du lagon sur lequel régnait un fascinant souverain. Le soir, quand ils s'enlaçaient, ils réinventaient l'amour. Ensemble, ils exploraient les multiples voies de la passion avec l'ardeur du désespoir, comme s'ils essayaient d'assouvir en quelques jours la soif d'une vie entière.

Ils s'étaient aménagé un emploi du temps agréable, lié aux impératifs du travail du peintre. Après le petit déjeuner, Philip prenait ses pinceaux et son chevalet et s'installait sur la plage, à l'ombre des palmiers. Julia vaquait aux tâches ménagères, puis se rendait à la source pour remplir le seau. Elle en profitait pour rincer les vêtements qu'ils avaient portés la veille. Quand le soleil culminait dans le ciel, elle préparait du thé et confectionnait une salade de fruits avec les mangues et les papayes du jardin de Papa Nia.

L'initiative avait tout d'abord surpris Philip. Mais il s'était vite habitué à cette pause rituelle qui représentait pour la jeune femme un moment privilégié dans la journée. Paradoxalement, elle n'avait jamais éprouvé jusqu'alors ce besoin de coupure. Sa vie trépidante de Los Angeles ne lui laissait pas le temps de s'interroger sur elle-même, mais la douce oisiveté dont elle faisait maintenant l'expérience permettait à son esprit de vagabonder librement. Aussi profitait-elle de ces pauses pour soumettre ses idées à Philip...

Ils échangeaient des confidences sur leur passé, parlaient des événements comiques ou tragiques qui avaient jalonné leur vie dans ce monde lointain qui semblait les avoir oubliés.

C'est à l'occasion de l'une de ces discussions que Philip lui raconta en quelles circonstances il avait découvert le mal dont il souffrait.

— Je me rendais bien compte que quelque chose n'allait pas. Quand je peignais, je me trompais dans les proportions, je n'arrivais pas à obtenir les couleurs souhaitées. Mais il a fallu que mon meilleur ami et critique attitré, Max Cline, me demande quel était le but de ces étranges innovations, pour que j'admette que j'avais un problème de vision.

Il posa un regard lointain sur la ligne d'horizon, mais Julia comprit, au plissement soudain de son front, qu'il se remémorait ces douloureux moments.

Elle s'assit sur le sable à côté de lui, brûlant de le toucher, de partager sa peine, mais elle s'en abstint de peur qu'il prît sa sollicitude pour de la pitié.

Il finit par pousser un long soupir et poursuivit son récit.

— L'ophtalmologiste m'a immédiatement envoyé à l'hôpital pour que j'y subisse toute une série d'examens. Le nerf optique semble être atteint et aucun traitement n'existe pour enrayer le processus. Les médecins n'ont pas pu se prononcer sur son évolution, mais tous sont tombés d'accord sur son issue. J'avoue que j'ai subi un rude choc. Comment un peintre peut-il exister sans ses yeux ? Je me suis réfugié dans une attitude de martyr et j'ai rendu sa liberté à Maureen, ma compagne. Elle ne s'est pas fait prier. Je suppose qu'elle me fréquentait beaucoup plus par ambition mondaine que par amour.

Il émit un petit rire grinçant qui fit sursauter Julia.

— Puis la nouvelle de mon mal s'est répandue et des amis bien intentionnés m'ont accablé de leur compassion. J'avais l'impression d'étouffer. Alors j'ai décidé de fuir et de trouver un moyen pour affronter ce que l'avenir me réservait. Voilà la triste histoire de Philip Holt. J'ignore pourquoi je vous l'ai infligée, mais je vous remercie de m'avoir écouté.

La jeune femme se dressa sur ses genoux et jeta ses bras autour du cou du peintre.

— Philip, oh ! mon chéri.

Elle serrait la tête brune contre sa poitrine en esquissant des lèvres les paroles que sa gorge refusait de libérer. Il pivota afin de lui enlacer la taille et ils restèrent longtemps dans cette position.

Des larmes brûlantes sillonnaient le visage de Julia mais elle n'essayait même pas de les sécher. Seul la préoccupait le chagrin de cet homme pour lequel elle éprouvait une si grande tendresse.

Elle déposa une pluie de baisers sur son front, ses tempes, ses joues. Il leva vers elle un regard étrangement brillant. Elle crut même voir un scintillement humide perler au coin de ses paupières. Elle y déposa les lèvres avec ferveur comme pour effacer, en même temps que ces larmes, la tristesse qu'elles exprimaient.

Philip resserra son étreinte et enfouit son visage contre l'épaule de Julia. Quand il releva la tête, il la fixa longuement avant de déclarer :

— C'est la première fois que je me laisse aller de la sorte.

— J'espère que vous êtes mieux, à présent.

Il traça du bout du doigt le contour de son visage, parcourut l'arc gracieux de ses sourcils et la fine arête de son nez, puis il dessina la courbe sensuelle de ses lèvres qui s'entrouvrirent sous la pression de l'index.

A quel moment la caresse s'était-elle faite plus tendre, plus pressante ? Julia n'aurait su le dire. Mais elle comprit à l'éclat singulier des prunelles de Philip que le moment n'était plus à l'apitoiement. Une onde de chaleur prit naissance au creux de ses reins et envahit son corps tout entier.

Sans quitter son regard, il lui saisit délicatement la main qu'il porta à sa bouche pour en baiser une à une les phalanges, dans un étrange rituel érotique. L'incendie qui couvait en eux éclata soudain et ils se retrouvèrent étendus sur le sable.

— Julia !

Les lèvres du peintre vinrent passionnément emprisonner les siennes. Nul besoin de préambule. Leurs désirs à l'unisson s'accordaient admirablement. La brièveté de leur étreinte n'eut d'égal que son intensité. Une explosion de bonheur les emporta soudain dans un tourbillon de jouissance.

Un indicible sentiment de paix intérieure succéda à ce paroxysme sensuel. La jeune femme resta longuement étendue face au ciel, les yeux fermés pour se protéger des éclats de lumière intermittents que laissait filtrer le feuillage des palmiers. Philip gisait en travers de son corps, le visage blotti entre ses seins. Sa respiration régulière lui apprit qu'il avait trouvé dans cet acte d'amour un apaisement provisoire à ses tourments.

Elle l'aimait. Cette constatation s'imposa à elle avec une force contre laquelle elle ne pouvait lutter. Sans qu'elle s'en rendît compte, l'attirance qu'elle éprouvait pour cet homme s'était progressivement muée en un sentiment extrêmement profond. A quoi bon nier cette évidence que son cœur avait acceptée depuis longtemps, mais dont sa raison se défendait farouchement ? Elle laissa la révélation propager en elle un immense sentiment de joie...

A vingt-neuf ans, elle avait jusqu'à présent refusé de croire à cet amour sublime dont parlent les livres, et qui n'était pour elle que la transposition poétique d'une réalité beaucoup moins exaltante. Les élans soigneusement contrôlés qu'elle avait toujours connus ne justifiaient pas ces envolées lyriques.

Comment aurait-elle pu se douter alors qu'on pouvait répondre aux caresses d'un homme avec un tel abandon, atteindre le firmament dans un tel dérèglement de tous les sens ?

Sa respiration s'accéléra à ces évocations sensuelles. Cependant, leurs affinités allaient bien au-delà de l'entente charnelle. L'harmonie de leurs corps reflétait celle de leurs esprits. Tous deux se passionnaient pour le monde des arts, ils connaissaient les mêmes personnes et leurs divergences d'opinions, loin de les opposer, alimentaient d'enrichissantes conversations.

Oui, décidément, leur retour aux Etats-Unis s'annonçait sous d'excellents auspices, se dit la jeune femme avec enthousiasme. Soudain, d'horribles doutes la rappelèrent à l'ordre. Bien sûr, Philip se révélait un amant merveilleux, mais il ne lui avait jamais dit qu'il l'aimait. S'il montrait un intérêt évident pour son corps et son esprit, rien n'indiquait qu'il se préoccupât de s'unir à elle.

Et puis il ne manifestait aucune intention de quitter l'île. Alors, quelle était la solution ? Cet amour tout neuf était-il assez fort pour permettre à Julia de partager son exil ? Si elle poussait l'abnégation jusqu'à accepter ce sacrifice, ne finirait-elle pas un jour par lui en tenir rigueur ?

La réponse s'imposa douloureusement à elle ; si Philip n'acceptait pas de la suivre, il lui faudrait partir avant que cet amour merveilleux ne soit terni par la nostalgie du travail et des plaisirs auxquels elle devrait renoncer. En attendant, il lui restait une semaine pour faire la provision de souvenirs qui l'aideraient à supporter le dur retour à la réalité. Julia n'avait jamais perdu au jeu de l'amour ; pourtant, elle devinait confusément les horribles tourments qui accompagnaient de telles défaites.

Mais quelles qu'en soient les conséquences futures, elle ne regretterait jamais d'avoir relevé le grisant défi que lui avait lancé le destin.

Philip remua et la jeune femme sentit ses longs cils lui effleurer la poitrine tandis qu'il clignait des yeux pour essayer de se réveiller.

— Quel délicieux oreiller, murmura-t-il.

Il déposa un tendre baiser sur ses seins avant de se relever.

Elle observa attentivement son visage et constata avec plaisir qu'il ne trahissait plus la moindre agitation.

Il lui tendit la main.

— Venez ! Je crois qu'un bon bain s'impose pour se débarrasser de tout ce sable.

Les souvenirs commencent maintenant... se dit-elle en acceptant son invitation.

Ils se précipitèrent dans les flots bleus en riant comme deux enfants insouciants et Baylor mêla ses aboiements joyeux à leurs éclats de rire.

10

Quand elle la vit apparaître au détour du sentier avec deux grandes toiles en équilibre instable sur la tête, Julia se précipita à la rencontre de Serina. Elle l'aida à acheminer son fardeau jusqu'à la *bure*.

— Papa Nia a trouvé une grande planche rejetée par la mer. Il l'a débitée en baguettes pour confectionner des châssis.

— C'est parfait. J'espère seulement que Philip ne tombera pas à court de peinture avant le prochain ravitaillement !

En disant ces mots, la jeune femme ne put s'empêcher de frémir. L'arrivée du bateau n'annonçait-elle pas également la fin de son séjour ?

— Je ne l'ai jamais vu peindre autant, déclara Serina en contemplant la série de tableaux encore frais qui s'alignaient le long du mur.

A cette réflexion, Julia fronça les sourcils. Depuis ses récentes confidences, une véritable frénésie de travail s'était emparée du peintre. Il profitait du moindre rayon de soleil pour s'atteler à la tâche avec une ardeur décuplée. Il passait toutes ses journées sur la plage, composant sur chaque toile une nouvelle symphonie de couleurs aux accords grandioses.

Cette fièvre créatrice était-elle due aux merveilleux moments qu'ils vivaient ensemble ? Ou bien était-ce l'imminence du dénouement fatal qui exacerbait la créativité de l'artiste avide de transposer le foisonnement d'émotions dont regorgeait son âme avant qu'il ne soit trop tard ? Julia décida de laisser la question en suspens et raccompagna Serina jusqu'aux abords de la forêt. La journée s'annonçait maussade. Une chape de brume bouchait l'horizon et elle se demanda s'il allait pleuvoir. Mais, en attendant, rien ne l'empêchait de prendre un bain.

La jeune femme défit son paréo et admira un instant son bronzage doré avant de se lancer à la rencontre des flots. Elle enjamba joyeusement les vagues jusqu'à ce que la résistance de l'eau interrompe sa course. Alors, elle bascula la tête en avant dans un bouillonnement d'écume. Elle se laissa ballotter par le ressac, puis elle émergea de l'onde en soufflant bruyamment l'air que ses poumons ne pouvaient plus retenir.

Etait-ce bien la même Julia qui, une dizaine de jours plus tôt, n'osait pas s'aventurer à plus de quelques centimètres du rivage et qui ne se serait pas promenée nue pour tout l'or du monde ?

Sa rencontre avec Philip l'avait complètement transformée. Grâce à lui, elle était maintenant fière de son corps, merveilleusement consciente de sa féminité. La tendresse du peintre avait ouvert son cœur au merveilleux miracle de l'amour.

Elle dirigea son regard vers lui. Il se tenait debout devant son chevalet et la jeune femme éprouva soudain l'irrésistible envie de lui avouer sa passion. Bien sûr, elle lui avait prouvé de mille façons la violence de ses sentiments, mais elle ne s'était

114

jamais ouvertement confiée à lui de peur de se heurter à son indifférence.

Un homme pouvait-il faire preuve d'une telle ardeur amoureuse sans éprouver d'amour ? Elle l'ignorait. Dans les moments les plus intimes, ils avaient souvent échangé des paroles enflammées, mais il ne lui avait jamais dit « je t'aime ». Et elle n'avait jamais osé prendre les devants. Cependant, elle se promit de prononcer les paroles fatidiques le jour de son départ. Philip serait donc libre de réagir à sa guise.

Julia se dirigea vers lui et elle le vit qui fronçait les sourcils en observant le ciel. Puis il rangea sa toile et ses pinceaux. Pourtant, la luminosité était encore suffisante. Sa vue avait-elle baissé au point que même ce léger voile de brume l'empêchât de peindre ? Il n'y avait pas d'autre explication. Cette révélation l'atteignit comme un coup de couteau en plein cœur.

La jeune femme s'habilla à la hâte et l'aida à transporter son matériel jusqu'à la maison.

— On dirait qu'il va pleuvoir, affirma-t-elle d'un ton qui se voulait enjoué.

Philip ne répondit pas, mais les plis qui se dessinèrent aux coins de sa bouche montraient qu'il n'était pas dupe de son entrain et, quand il partit se promener le long de la plage, il ne l'invita pas à se joindre à lui. Baylor l'accompagnait mais le chien ne manifesta pas l'enthousiasme dont il était coutumier, comme s'il respectait la tristesse de son maître. Ils disparurent derrière le promontoire rocheux qui bordait le lagon. La silhouette du peintre resta longtemps gravée dans les yeux de la jeune femme.

Le ciel tint ses promesses et, quelques heures plus tard, de lourds nuages crevèrent sur l'île, au grand désarroi de Julia qui se demandait ce que devenait son compagnon et l'attendait avec inquiétude.

Quand l'orage fut à son comble, son anxiété décupla. Que faisait donc Philip ? Lui était-il arrivé quelque chose ? Peut-être avait-il glissé sur un rocher mouillé ? Ou encore — et elle frémit d'horreur à cette pensée — avait-il décidé de nager jusqu'à ce que la fatigue vienne à bout de ses angoisses et s'était-il laissé surprendre par le mauvais temps ?

Juste au moment où la jeune femme allait partir à sa recherche, il arriva complètement trempé. Le soulagement de Julia fut tel qu'elle en resta sans voix. Puis, presque aussitôt, toute la tension nerveuse accumulée se libéra en de violents reproches.

— Mais où étiez-vous passé ? J'étais morte d'inquiétude ! Et puis si vous aviez eu un accident sur ce satané îlot, comment espériez-vous être secouru ?

Il resta immobile sous la véranda, ne se cherchant même pas d'excuses. Comme il frissonnait, Julia tourna les talons et revint bientôt avec une couverture dont elle l'enveloppa après lui avoir ôté son pagne dégoulinant d'eau. Il se laissa frictionner sans rien dire tandis qu'elle continuait à lui faire des reproches.

— Vous savez très bien ce qui ne va pas, déclara-t-il enfin d'une voix sans timbre.

La jeune femme retint son souffle en constatant le désarroi qu'exprimait son visage.

— Oui, murmura-t-elle tristement.

Il était inutile de se cacher plus longtemps la vérité. Julia l'entraîna vers le lit et il la suivit docilement. Elle enleva son paréo pour lui offrir le doux refuge de son corps, pour apaiser de sa chaleur les frissons qui le secouaient et les tourments qui le rongeaient. Les mains de la jeune femme parcoururent le dos musclé de Philip, qui se laissa progressivement gagner par un sommeil réparateur.

Mais il se réveilla bientôt et leva vers elle un visage empreint d'une profonde gravité.

— Que dois-je faire maintenant, Julia ? Je viens de m'apercevoir que je n'étais plus capable de distinguer les bleus marine des verts foncés.

Elle ferma les yeux pour retenir ses larmes.

— Vous avez déjà fait la preuve de vos facultés d'adaptation. Ne pouvez-vous pas changer de nouveau votre style ?

Il émit un petit rire amer.

— Philip Holt, période noir et blanc. Effectivement, c'est une idée. A moins que je ne demande à Papa Nia de m'apprendre à tresser des paniers.

— Je vous en prie !

Ses sarcasmes la déchiraient comme autant de coups de griffes. Cet homme admirable allait-il se laisser abattre ? La fatalité aurait-elle raison de sa volonté farouche ?

Non ! Une révolte soudaine devant l'adversité obligea la jeune femme à se ressaisir. Elle parcourut avidement la pièce des yeux à la recherche d'une inspiration quelconque.

Comme attiré par un aimant, son regard se posa sur le chandelier aux pélicans. Elle se souvint tout à coup de la sculpture que Baylor avait inspirée à Philip. Julia saisit les doigts du peintre et les embrassa un à un.

— Vous êtes très adroit de vos mains, dit-elle lentement en se demandant comment il allait prendre sa suggestion. Et vous êtes doué d'un grand talent pour exprimer la beauté. Il doit bien y avoir d'autres moyens que la peinture pour donner libre cours à votre créativité.

Elle sentit le corps du peintre se raidir et elle se hâta de poursuivre ses explications.

— J'ai beaucoup admiré le bougeoir que vous avez sculpté, et Serina m'a montré une statuette, représentant Baylor, que vous lui avez offerte pour son anniversaire. Elle est admirable. Comme tout ce que vous faites, ces objets portent la marque de votre talent.

Il bondit hors du lit et la jeune femme blêmit devant son expression courroucée.

— Je reconnais que le travail du bois est supérieur à celui de l'osier. Et puis tous ces touristes qui envahissent les îles Fidji offrent un débouché certain pour ce genre d'artisanat.

— Ne soyez pas idiot, répliqua-t-elle sèchement. Quelle honte y a-t-il à travailler le bois ? Avec des outils appropriés, je suis sûre que vous obtiendrez des résultats surprenants. Et puis il y a d'autres matières, la pierre, le marbre, l'argile. Il y en a tant que vous en trouverez bien une qui vous conviendra !

Au fur et à mesure qu'elle parlait, l'idée se précisait dans son esprit et sa voix exprimait l'enthousiasme que lui procurait cette révélation.

— Demandez-moi de faire des châteaux de sable, pendant que vous y êtes ! lança-t-il d'un ton méprisant.

Il noua son pagne autour de ses reins avant de sortir de la *bure.* L'orage s'était éloigné et elle le vit arpenter furieusement le sable mouillé, suivi de Baylor. Julia se recroquevilla dans le lit jusqu'à ce que sa propre colère se soit apaisée.

Visiblement, elle n'était rien pour lui. Sinon, comment expliquer un tel dédain ? Elle avait commis la bêtise de se livrer à lui corps et âme et il avait odieusement profité de sa vulnérabilité. Le fait qu'il l'ait éveillée à une sensualité nouvelle attestait seulement de son pouvoir de séduction. Elle s'était tout simplement laissé prendre à son charme trompeur. Le cliché de l'île paradisiaque et de l'artiste exilé loin de la foule et du bruit avaient eu raison de sa prudence légendaire.

Mais elle était maintenant fermement décidée à se ressaisir. La jeune femme effaça impitoyablement de sa mémoire tous les moments merveilleux qu'elle avait vécus avec Philip. Oubliés, ces instants d'attendrissement partagé, ces éclats de rire et ces larmes, ces longues discussions et ces étreintes passionnées ! Seule restait cette faiblesse coupable qu'elle avait fini par accepter comme une manifestation de l'amour.

Julia comprenait fort bien les angoisses du peintre, mais ses états d'âme ne l'autorisaient nullement à la prendre comme cible de ses sarcasmes. Après tout, elle n'avait fait qu'essayer de répondre aux questions qu'il lui posait. Et puis elle n'était pas persuadée que son idée fût si mauvaise. Avec le temps, Philip s'avérerait à coup sûr un sculpteur de génie. Elle avait vu ce dont ses mains étaient capables sur le bois... La jeune femme ne put réprimer un frisson à l'évocation de ces mains sur son corps. Incapable de lutter contre les images enivrantes qui venaient démentir ses bonnes résolutions, elle se laissa retomber sur l'oreiller avec un faible gémissement.

Le lendemain matin, le petit déjeuner se déroula dans un pesant silence. Julia accueillit avec soulagement l'arrivée providentielle de Serina.

— Papa Nia m'envoie vous prévenir que le steamer sera là dans l'après-midi, dit-elle d'un ton navré en jetant à la jeune femme un regard compatissant.

Julia sursauta. Les deux semaines ne pouvaient pas s'être déjà écoulées ?

— En est-il certain ?

Elle ne put empêcher sa voix de vibrer étrangement. Pourtant, ils avaient passé la nuit chacun à une extrémité du lit et la jeune femme s'était bien juré de ne plus jamais être sensible aux problèmes d'autrui. Elle avait tout fait pour se persuader qu'elle ne souhaitait qu'une chose : réintégrer la civilisation que seul un caprice du hasard lui avait fait quitter. Elle oublierait vite cet étrange intermède à sa vie soigneusement organisée.

— Papa Nia ne se trompe jamais.

Le regard de Julia se posa sur Philip, mais il s'obstinait à garder la tête baissée, comme pour éviter toute confrontation. Elle remarqua cependant que ses mains s'étaient crispées autour de la tasse de café.

Quand il leva le visage, ce fut pour regarder Serina.

— As-tu fait une liste des provisions qu'il me faut ? Mes réserves ont été sérieusement entamées ces derniers jours.

— Oui, j'y ai pensé. Mais je voulais savoir si vous aviez besoin de peinture.

Il se leva si brusquement qu'il faillit renverser sa chaise. Puis il se dirigea vers la porte. Il contempla longuement le lagon avant de lancer sans se retourner :

— Non.

Les yeux de Serina allèrent de l'un à l'autre comme si elle cherchait à comprendre les raisons de cette tension insolite.

— Nous serons à la plage pour vous souhaiter bon voyage, dit-elle timidement à Julia.

— Pourras-tu venir la chercher quand le bateau arrivera ? demanda Philip, toujours face à la mer.

Serina lui adressa un regard étonné.

— Eh bien, je... oui... enfin, si vous voulez.

La jeune femme renonça à comprendre et se retira.

De toute évidence, Philip n'avait pas l'intention d'assister au départ de Julia.

— Si vous voulez, vous pouvez emporter avec vous autant de toiles qu'il vous plaira, se décida-t-il enfin à lui dire.

— En remerciement pour mes services ? lança-t-elle rageusement, incapable de maîtriser la douleur qui la transperçait.

Il haussa imperceptiblement ses larges épaules.

— Vous pouvez interpréter mon geste comme bon vous semble. Mais c'est à vous que je les donne, pas à cette satanée galerie Cornell.

Elle réprima le désir furieux de jeter contre son dos un quelconque objet. Il la congédiait comme une vulgaire femme entretenue et il n'avait même pas la décence de la regarder dans les yeux !

— Eh bien ! au revoir, Julia, dit-il sans se retourner. Allez, viens, Baylor !

Le chien bondit sur ses talons et ils s'éloignèrent ensemble sur la plage baignée de lumière.

11

Julia passa lentement en revue les événements de cette dernière journée. Le choc provoqué par le rejet cruel de Philip la plongeait dans un profond désarroi et elle s'affaira aux tâches ménagères habituelles sans parvenir à chasser de son esprit les préoccupations qui s'y bousculaient. Ce fut comme si une partie d'elle-même se déchirait soudain.

Après une rapide toilette, elle enfila l'ensemble qu'elle portait le jour où elle avait fait irruption dans la vie de Philip Holt.

Le poids du vêtement la surprit, habituée qu'elle était maintenant à cette liberté du corps que le peintre lui avait appris à aimer.

Elle parcourut la pièce du regard pour s'assurer que tout était bien en ordre et elle constata avec une légère tristesse que ce lieu qui avait tant contribué à sa métamorphose ne conservait nulle trace de son passage. Ses yeux se posèrent une dernière fois sur les toiles qui s'alignaient contre le mur. Le cadeau d'adieu du peintre contenait une équivoque qui l'avait profondément blessée et elle était bien décidée à ignorer son offre. Mais, en contemplant le tableau inspiré par leur première nuit d'amour, elle comprit tout à coup qu'elle ne supporterait pas que quelqu'un d'autre se l'appropriât. Il exprimait trop bien les moments merveilleux qu'ils avaient vécus ensemble, tout du moins jusqu'à ce que Philip ne devienne amer et ne la rejette comme s'il niait la délicieuse complicité qui les avait momentanément unis.

La jeune femme savait que Philip ne reviendrait pas et elle n'attendit pas que Serina passe la prendre. Après avoir emballé son précieux souvenir dans les deux paréos, elle regagna tant bien que mal le village.

Elle supporta stoïquement la traversée et, à son retour à Nandi, se rendit directement à son hôtel. Conformément aux prévisions de Philip, personne ne s'était inquiété de son absence. Ses bagages avaient été soigneusement rangés dans l'attente de son retour.

— Ah! Un certain M. Cornell a appelé. Nous lui avons dit que vous étiez à Yatiki et qu'on ne pouvait pas vous joindre. Il a demandé que vous le rappeliez le plus tôt possible.

Julia remercia poliment le réceptionniste, mais décida de n'en rien faire. Jusque-là, une étrange torpeur avait miraculeusement endormi sa douleur mais elle craignait qu'un compte rendu, même superficiel, de son séjour, ne ravivât ses blessures. Elle n'avait qu'une hâte : regagner son appartement de Griffith Park et fermer la porte derrière elle avant que cet engourdissement ne se dissipe et libère le désespoir qu'elle sentait prêt à s'abattre sur elle.

L'employé de l'hôtel lui trouva quelqu'un qui se chargea d'empaqueter l'encombrante toile. Son avion partait à minuit et, en attendant, elle s'offrit le luxe d'un bon bain. C'est donc la Julia Stuart de toujours qui se rendit à l'aéroport ce soir-là. Elle avait enfilé de jolis vêtements à la mode et rien ne laissait deviner, sous son allure sophistiquée, l'étrange expérience qui venait de bouleverser sa vie.

Quand elle pénétra dans son studio, elle se sentit soudain désorientée. L'agencement soigneusement étudié de la pièce heurta les yeux de la jeune femme encore habitués à la chaude simplicité de la *bure* dont les tons bruns s'harmonisaient si bien avec la nature environnante. Les lignes géométriques du mobilier et la froideur métallique des matériaux qui décoraient l'appartement offraient un douloureux contraste avec le feuillage ondoyant des palmiers et les camaïeux turquoise du lagon.

Non ! Il ne fallait pas qu'elle se laisse submerger par une nostalgie déchirante. Elle devait fermer son cœur à tout sentiment et trouver dans le sommeil un refuge à son chagrin...

— Quelle mine superbe ! s'exclama William à son arrivée à la galerie, le jour suivant. Il faut que vous vous procuriez une lampe à bronzer pour entretenir ce hâle magnifique !

Julia lui adressa un petit sourire. Elle avait tout d'abord décidé de s'accorder une journée de repos afin de s'adapter à la transition brutale de son retour. Mais elle comprit bien vite, en dépouillant un courrier dont les lignes se brouillaient devant ses yeux, qu'elle ne pourrait rester chez elle. Il lui fallait fuir ses souvenirs obsédants et une confrontation avec William lui parut préférable à la solitude glacée de son appartement.

— Alors, racontez-moi un peu comment ça s'est passé ! J'imagine que la partie a dû être rude, à en juger le temps que vous y avez consacré.

— Je n'ai pas remporté plus de succès que vous, répliqua-t-elle d'une voix étrangement calme tandis qu'elle se préparait à affronter son courroux.

Le visage de William se figea.

— Vous voulez dire que vous avez passé quinze jours avec cet homme sans obtenir le moindre résultat ?

— Vous semblez oublier qu'il a déjà un agent à San Francisco. Marshall lui a toujours donné entière satisfaction et il n'a pas l'intention de changer ses habitudes.

Les joues de William s'empourprèrent et Julia vit, au pincement soudain de ses lèvres, qu'il avait du mal à contenir sa colère.

— Mais, bon sang ! qu'avez-vous fabriqué pendant ces deux semaines ? Et pourquoi ne m'avez-vous pas contacté pour me tenir au courant de vos difficultés ? Je m'imaginais que vous aviez besoin d'un délai supplémentaire pour conclure le marché. N'allez pas me dire que tout ce temps a été perdu ?

Perdu ! Seule une irrépressible envie de pleurer empêcha Julia d'apprécier l'humour noir de cette remarque.

— Vous avez pu vous rendre compte par vous-même que Yatiki est très difficile d'accès. L'hydravion que vous avez emprunté était en panne. J'ai dû prendre un petit caboteur qui dessert tous les ports de moindre importance. Malheureusement, j'ai compris un peu tard qu'il ne repasserait pas avant quinze jours. Et, au cas où vous l'ignoreriez, le téléphone n'est pas encore installé sur l'île !

— Vous voulez dire que vous vous êtes retrouvée bloquée là-bas ?

Du coup, l'attitude de William changea du tout au tout.

— Ma pauvre chérie ! Mais ça a dû être une épreuve épouvantable. Quinze jours dans ce village de paille...

126

Julia réprima un soupir de soulagement. S'il préférait croire qu'elle avait passé son séjour dans le petit hameau de Papa Nia, elle ne le détromperait pas. Au moins, cela lui éviterait d'embarrassantes explications.

— J'espérais que la fin justifierait les moyens. Mais les faits m'ont donné tort et j'en suis vraiment navrée. Comme vous l'aviez deviné, Philip Holt est quelqu'un de très obstiné.

William s'assit sur le coin de son bureau et hocha gravement la tête.

— Me voilà dans une situation bien ennuyeuse. Je gardais en réserve la toile qu'il m'a offerte et je comptais sur celles que vous étiez censée ramener pour organiser une exposition. De cette façon, le public aurait pu constater qu'il ne s'agissait pas d'une tentative isolée, mais bien d'un style nouveau. Je pensais ainsi en tirer un meilleur prix.

L'attention de la jeune femme fut attirée par les doigts de William qui martelaient nerveusement la surface polie du sous-main de cuir et elle comprit tout à coup qu'elle était de nouveau prisonnière de ce monde artificiel et guindé pour lequel les pagnes, les *bures* et les plongeons dans l'onde limpide, faisaient partie d'un folklore désuet. Cette constatation lui procura un étrange malaise, mais elle n'en laissa rien paraître.

— Je suis certaine que vous pourrez quand même en obtenir une coquette somme.

Julia connaissait bon nombre de collectionneurs qui seraient plus qu'heureux d'acquérir un nouveau Philip Holt.

— Oui, vous avez raison.

En homme d'affaires qui se respecte, William n'était guère du genre à se lamenter inutilement sur un échec. D'un soupir résigné, il mit un point final à la discussion et passa sans transition à un autre sujet.

— Je viens de recevoir un arrivage des Philippines. J'étais en train d'ouvrir les cartons dans la pièce du fond. Venez! Vous allez me dire ce que vous pensez du style de Ramon Torquez.

Julia ne se fit pas prier. Elle avait beaucoup redouté cette première confrontation avec William, présageant qu'il serait furieux de la voir rentrer bredouille. Elle savait bien que l'affaire n'était pas définitivement close, mais le plus dur était passé.

L'œuvre de Torquez lui fit excellente impression et ils décidèrent d'un commun accord de lui consacrer une exposition dans les plus brefs délais. Le projet enthousiasma la jeune femme et elle s'y dévoua de bonne grâce.

Organiser ce genre de manifestation n'était pas chose simple. Il fallait faire éditer un catalogue, changer l'agencement de la galerie pour offrir aux tableaux présentés un fond qui les mît particulièrement en valeur, et préparer un vernissage. Julia fit appel à un traiteur qui préparerait un buffet exotique pour rester dans le ton des sujets du peintre philippin. Mais le plus difficile fut de convaincre l'artiste récalcitrant d'honorer l'exposition de sa présence. Apparemment, il n'avait encore jamais pris l'avion et elle dut déployer des trésors de diplomatie pour obtenir gain de cause.

Ces nombreux préparatifs épuisèrent la jeune femme.

— Je sais que vous vous êtes donné beaucoup de mal pour mettre tout cela sur pied, lui déclara un jour William, mais je ne vous ai jamais vu une mine aussi épouvantable. Quelques jours de repos vous feraient le plus grand bien. Dès que l'exposition sera terminée, je vous suggère de prendre un peu de détente.

L'inaction était la chose que Julia redoutait le plus au monde. Elle avait accueilli ce surcroît de travail comme une aubaine inespérée et s'y était fiévreusement plongée, réglant minutieusement chaque détail, ne laissant rien au hasard, refusant même de déléguer une partie de ses responsabilités à Olga. Cette activité intense ne lui laissait pas le temps de penser à autre chose et c'était à ce prix qu'elle avait pu contenir les souvenirs douloureux qui menaçaient de l'envahir. Elle espérait que la fatigue émousserait sa sensibilité et lui permettrait de trouver l'oubli tant souhaité.

L'exposition fut un triomphe. Encouragé par ce succès, William prit la décision de repartir aussitôt à la recherche de talents nouveaux.

— Je vais faire un tour dans l'Est pour voir s'il n'y a pas un génie méconnu à Cape Cod ! annonça-t-il à Julia tandis qu'ils faisaient le bilan financier de la manifestation. Comme vous le savez, les artistes y pullulent l'été.

Julia acquiesça distraitement. La dernière fois qu'il s'y était rendu, il en avait ramené quelques toiles médiocres qu'ils avaient eu beaucoup de mal à vendre.

— Et, à mon retour, j'espère vous retrouver moins fatiguée, ajouta-t-il en se penchant par-dessus le bureau.

Il lui donna une petite tape sur la joue avant de se retourner pour répondre au téléphone, ce qui évita à la jeune femme de trouver une réponse satisfaisante.

La semaine précédente, il l'avait invitée à dîner et la soirée s'était terminée dans l'appartement de la jeune femme. Ce n'était pas la première fois qu'elle le recevait, mais elle avait décidé que, cette fois-ci, ils dormiraient ensemble. Puisque rien ne pouvait venir à bout de l'image obsédante du peintre, elle était résolue à lui en substituer une autre. Son choix s'était tout naturellement porté sur William. Après tout, n'avait-elle pas songé à avoir une liaison avec lui avant son départ pour les îles Fidji ?

Mais la soirée ne s'était pas déroulée comme prévu. Les baisers de William ne provoquaient pas la moindre réaction en elle et, quand il s'étonna de sa passivité, elle prétexta la fatigue due au surmenage.

Quand elle se retrouva dans la solitude de son appartement, recroquevillée dans le grand lit vide, elle dut se rendre à l'évidence : rien ni personne ne remplacerait jamais Philip Holt dans son cœur.

La veille de son départ, William fit irruption dans le bureau de Julia en brandissant un journal.

— Je suis tombé sur un article qui pourrait vous intéresser. Jetez-y un coup d'œil !

Le reportage était consacré à un artiste local, Roland Fleming, qui donnait une petite exposition. Il s'accompagnait d'une photo du peintre qui fit bondir le cœur de la jeune femme. L'homme était grand, brun, il portait un collier de barbe et désignait une de ses toiles avec une nonchalance affectée. Cette silhouette lui en rappelait une autre bien que, à y regarder de plus près, la ressemblance fût moins frappante. Le tableau représentait une petite fille timidement assise sur le bord d'un canapé victorien. L'illustration en noir et blanc ne donnait aucune indication sur les couleurs utilisées, mais l'expression de la fillette dénotait une sensibilité qui retenait l'attention du spectateur.

— J'essaierai d'y faire un tour dimanche prochain, promit la jeune femme, immédiatement conquise.

Ce samedi-là, Julia ferma la galerie plus tôt que de coutume, puis elle erra sans but dans les rues de Los Angeles. Elle avait de plus en plus de mal à rester confinée dans son appartement. Autrefois, la froide austérité de la pièce lui procurait un sentiment de sécurité et de bien-être. Maintenant, elle tournait entre ses quatre murs vides de souvenirs comme un lion en cage et cette agitation la poursuivait jusque dans son sommeil. La jeune femme se disait que le temps viendrait à bout de ses blessures et, comme pour en accélérer le processus, elle essayait de meubler tous ses instants de liberté.

Le dimanche était toujours le moment le plus pénible de la semaine ; aussi était-elle très contente d'avoir une exposition à visiter. Après un rapide petit déjeuner, elle sauta dans sa voiture et se rendit dans le quartier où se tenait la galerie de Roland Fleming.

L'endroit était minuscule. En fait, il s'agissait du magasin d'un encadreur, qui mettait l'arrière-salle à la disposition d'artistes inconnus.

Julia pénétra dans la pièce. Deux curieux examinaient les toiles exposées, mais l'attention de la jeune femme fut immédiatement attirée par le grand jeune homme brun dont elle avait vu la photo dans le journal. Celui-ci était en train de discuter avec une cliente. L'arrivée de la jeune femme interrompit la conversation et il lui adressa un regard intrigué.

Le cœur de Julia se mit à battre plus vite. A première vue, le peintre ressemblait tellement à Philip qu'elle n'avait pu dissimuler son trouble. La même taille, la même barbe, la même couleur de cheveux, la même attitude nonchalante. Bien sûr, un examen plus attentif démentait cette première impression. L'homme était plus jeune, ses cheveux ne grisonnaient pas aux tempes et le bleu de ses prunelles ne rappelait en rien le noir profond du regard de Philip.

Le peintre semblait avoir remarqué sa première réaction de surprise. Aussi chercha-t-elle à masquer sa confusion en concentrant son attention sur les tableaux. Elle flâna dans la petite galerie et dut faire un grand effort pour voir vraiment ce qu'elle regardait.

La plupart des œuvres étaient des portraits. Sans égaler tout à fait la maîtrise de Philip Holt, Roland Fleming possédait une technique et une sensibilité indéniables. William, toujours à l'affût de portraitistes talentueux, serait probablement ravi de le compter parmi ses poulains.

Quand elle eut passé toutes les toiles en revue, elle se dirigea vers le peintre, vaguement consciente qu'il ne l'avait pas quittée des yeux.

— Monsieur Fleming ? s'enquit-elle en lui tendant sa carte. Je suis Julia Stuart, de la galerie Cornell.

A la lecture de la carte de visite, une lueur d'intérêt brilla dans les prunelles de l'artiste.

— Pouvons-nous nous entretenir seul à seul ?

— Rien de plus facile. J'habite à deux pas d'ici. Vous pourrez ainsi avoir un plus vaste aperçu de mon œuvre. Et puis j'ai une bouteille d'un vin dont on m'a dit le plus grand bien, ajouta-t-il avec un large sourire.

La jeune femme accepta son invitation en lui rendant son sourire. Le peintre lui évoquait un jeune félin en liberté, incapable de maîtriser ses impulsions.

Elle suivit son estafette bringuebalante jusqu'à la plage de Newport. La maison bâtie sur pilotis se dressait dans les dunes. Ainsi perchée, elle bénéficiait d'une vue imprenable sur la mer.

— Je l'ai héritée de ma tante. Elle avait un cœur de mécène et voulait me garantir un toit jusqu'à ce que je devienne célèbre, dit-il en s'effaçant pour la laisser entrer.

La jeune femme ne prêta pas attention au mobilier hétéroclite qui encombrait la pièce et elle se dirigea vers la fenêtre, comme attirée par un aimant.

C'était la première fois depuis deux mois qu'elle contemplait l'océan Pacifique et l'émotion lui noua la gorge. Quelque part, perdue dans cette immensité bleue, se trouvait une petite île où elle avait laissé une partie d'elle-même. Elle dut cligner des yeux pour chasser le picotement qui brouillait sa vision. Ne se libérerait-elle jamais de ce sentiment de perte irréparable ? Allait-elle porter ce douloureux fardeau toute sa vie ? Elle se tourna vers le peintre, fermement déterminée à refouler ces sombres pensées. Philip Holt l'avait rejetée, mais sa vie continuait...

— Il faut absolument que je retienne le nom de ce vin, déclara-t-elle tandis que le jeune homme en versait les dernières gouttes dans son verre.

Trois heures s'étaient écoulées et ils célébraient la conclusion d'un marché que William approuverait certainement. Roland Fleming avait un grand avenir devant lui et la galerie Cornell en bénéficierait largement.

Parmi toutes les toiles entassées pêle-mêle, Julia en avait repéré au moins une douzaine qui méritaient de figurer dans le catalogue de la maison. Le peintre avait beaucoup de mal à contenir son exubérance. Des phases d'apathie incrédule alternaient avec une agitation fiévreuse qui l'obligeait à arpenter la pièce de long en large.

Le jeune homme bondit une nouvelle fois de son fauteuil et se planta devant sa bienfaitrice avec un sourire désarmant.

— Ecoutez, je me rends compte que je me comporte comme un gamin, mais tout ça est tellement inattendu, tellement merveilleux...

Il passa la main dans ses cheveux déjà bien ébouriffés.

— Que diriez-vous d'une petite promenade sur la plage ? Si je ne m'accorde pas un peu d'exercice, je crois que je vais éclater !

La jeune femme haussa un sourcil navré en lui désignant ses escarpins à talons hauts.

— Je ne pense pas que ces chaussures se prêtent à ce genre de sport.

Pourtant, elle mourait d'envie de partager sa joie. Et puis cela faisait si longtemps qu'elle n'avait pas senti le doux contact du sable sous ses pieds nus !

— Puis-je utiliser votre chambre pour ôter mes bas ?

Roland acquiesça joyeusement et, quelques instants plus tard, ils dévalaient les dunes et atteignaient la surface plus ferme du rivage. Ils s'arrêtèrent pour retrousser leur pantalon. Puis Roland se mit à courir à la lisière des vagues en soulevant des gerbes d'écume. Il revint vers elle tout essoufflé avant de repartir comme une flèche dans la direction opposée.

La jeune femme observait d'un œil amusé ses ébats puérils. Tout à coup, elle prit conscience que, malgré le brusque accès de nostalgie qui s'était emparé d'elle à la vue de l'océan, les souvenirs avaient miraculeusement interrompu leur douloureux harcèlement. A n'en pas douter, Roland Fleming y était pour quelque chose. Elle appréciait vraiment sa compagnie.

— La plage est-elle toujours aussi déserte ? lui demanda-t-elle quand il la rejoignit.

— L'endroit n'est pas très connu. Seuls quelques touristes viennent s'y baigner le week-end.

La végétation éparse qui recouvrait les dunes n'avait rien à voir avec les forêts verdoyantes des îles tropicales, mais Julia se mit à examiner les maisons de bois, qui apparaissaient derrière cet écran de sable, avec un intérêt grandissant.

Roland surprit son regard.

— Elles ont toutes été construites après la guerre par un promoteur qui espérait transformer cet endroit en une station balnéaire à la mode. Le projet a échoué, mais il nous reste les maisons. Elles n'ont rien de luxueux ; cependant, je leur trouve un certain charme. Et puis elles sont admirablement conçues pour résister aux marées d'équinoxe qui balaient tout sur leur passage.

Julia aperçut, accroché à l'une de ces maisons, un écriteau qui portait la mention : « A vendre ». Ses pas la guidèrent presque malgré elle jusqu'à la bâtisse.

— Je ne savais pas que le propriétaire envisageait de partir, commenta Roland. Sa décision doit être très récente ; ce matin, il n'avait pas encore mis le panneau. Je suis prêt à parier qu'il n'y restera pas longtemps !

La jeune femme inspecta l'extérieur de la maison avec soin. Comme elle était construite sur le même modèle que celle de Roland, elle en connaissait déjà l'architecture intérieure. Elle imaginait déjà des pièces aux tons bruns et or, décorées de meubles rustiques et leur plancher de bois sombre recouvert de tapis anciens.

C'est alors qu'elle comprit que le studio de Griffith Park ne convenait plus à la Julia Stuart qui s'était épanouie au contact de Philip. Il fallait qu'elle achète cette maison à tout prix.

Quand William revint de Cape Cod, la jeune femme lui parla de Roland Fleming. Après avoir vu son travail, il se rangea à son avis et accepta de lui consacrer une exposition. Par contre, il montra moins d'enthousiasme devant sa décision de déménager. L'idée d'élire domicile au bord d'une plage déserte était pour lui parfaitement saugrenue. Julia ne se laissa pas décourager, elle devint propriétaire de la petite maison et s'y installa aussitôt.

Au fil des mois, une profonde complicité s'était installée entre Julia et Roland. Mais, dès le début de leur amitié, la jeune femme avait laissé entendre au peintre que leurs relations ne changeraient jamais de nature.

Ils faisaient ensemble de longues promenades sur la plage, parlant de tout et de rien avec une liberté extrêmement agréable. Roland parvenait à la distraire de ses préoccupations et, surtout, il lui avait réappris à rire.

La première fois que cela se produisit le peintre s'immobilisa soudain et la regarda avec étonnement.

— Savez-vous que c'est la première fois que vous daignez m'accorder davantage qu'un timide sourire ? Vous êtes belle, Julia Stuart, et il serait temps que vous repreniez goût à la vie !

Julia détourna son regard et se mit à contempler les vagues qui venaient mourir à leurs pieds. De longs mois s'étaient écoulés depuis qu'elle était tombée amoureuse de Philip. La douleur qu'elle avait éprouvée à la suite de leur séparation s'était progressivement estompée, mais elle ne se sentait pas encore prête à partager une nouvelle expérience sentimentale. Elle savait qu'elle se comportait en égoïste vis-à-vis de Roland qui lui portait un amour sincère, mais elle n'avait rien de mieux à lui offrir.

Un jour, elle commit l'imprudence de sortir la toile de Philip, et le fragile équilibre qu'elle avait réussi à instaurer fut brutalement bouleversé. A son retour, elle avait pris soin de ranger le tableau au fond d'un placard, ne supportant pas, à l'époque, ce souvenir lancinant de leur merveilleuse idylle.

Le tableau serait de meilleur effet au-dessus de la cheminée, et elle se décida enfin à l'y accrocher. Mais, à la vue de la toile, une irrépressible nostalgie l'assaillit et des larmes brûlantes inondèrent ses joues. Elle pleurait ses illusions perdues, cet amour interdit et pourtant si persistant.

Elle parcourut la salle du regard. Les grandes fenêtres qui s'ouvraient sur deux côtés laissaient le soleil y répandre sa lumière. La maison était vaste et la jeune femme n'avait pas besoin de tout cet espace. Etait-ce pour cette raison qu'elle avait négligé d'en meubler une des pièces ? Ou bien la destinait-elle à un usage qu'elle n'osait s'avouer ? Elle eut tout à coup la vision fugitive d'un plancher jonché de copeaux de bois sur lequel se dressaient d'imposantes sculptures. Elle quitta précipitamment sa maison...

Toute la soirée, le tableau exerça sur elle une influence magnétique, réveillant en elle la mémoire d'épisodes qu'elle croyait avoir définitivement oubliés.

Pourquoi avait-il fallu renoncer à ce bonheur merveilleux ? Leur entente était si parfaite ! Ils avaient les mêmes goûts, les mêmes motivations. Leurs idées sur l'art se complétaient à la perfection et donnaient lieu à des conversations aussi enrichissantes pour l'un que pour l'autre. Quant à leur complicité charnelle... La jeune femme retint sa respiration. Combien de fois en avaient-ils fait la délicieuse expérience ?

Julia se retourna dans son lit, le corps brûlant d'un désir trop longtemps contenu. Philip, Philip ! murmurait-elle fiévreusement. Son appel de détresse se perdait dans la nuit.

Mais pourquoi ne pas le rejoindre et recommencer ? lui chuchota une petite voix. Il suffit d'un billet d'avion. Pendant un instant, la jeune femme berça ce fol espoir qui la grisait. Elle imaginait déjà leurs retrouvailles, croyait sentir l'ardeur du soleil sur ses épaules nues, entendre le frémissement des palmiers au-dessus de la *bure* tandis que des odeurs d'air iodé et d'humus l'enveloppaient de leur parfum enivrant. Des bras puissants l'enlaçaient, des lèvres ardentes exigeaient ses baisers, provoquant en elle des sensations maintenant familières.

— Non ! s'écria-t-elle.

Le souffle court, elle fit un violent effort pour interrompre ces vaines rêveries. Qu'elle s'estime heureuse d'avoir vécu deux semaines d'un bonheur parfait qui lui avait permis de briser le carcan de ses habitudes et de s'éveiller à une vie nouvelle. Pourquoi tout détruire en essayant de refaire ce qui avait échoué ?

L'attitude de Philip ne laissait subsister aucun doute. Il l'avait rejetée, la laissant partir sans même lui dire adieu. A quoi bon s'obstiner à désirer l'impossible ?

Et même si une profonde amertume devant son sort était responsable de l'attitude du peintre, pouvait-elle l'aider malgré lui ? Sa présence empêcherait Philip de poursuivre ce combat que seule la solitude lui avait permis de mener pendant deux ans. Non, retourner à Yatiki ne servirait à rien.

Julia passa une nuit très agitée. Au petit matin, elle sombra enfin dans un sommeil plein de rêves qui parlaient tous de son artiste adoré. Elle s'éveilla la tête lourde et l'esprit confus. Elle avait rendez-vous avec un client potentiel à la galerie et elle devait se hâter...

Elle arriva à l'heure, s'entretint longuement avec son acheteur éventuel et pénétra dans le bureau de William. Il dépouillait le courrier qu'on avait apporté pendant que la jeune femme était occupée.

A l'aide d'un coupe-papier, il ouvrit une grande enveloppe dont il tira une brochure. Il la parcourut puis la tendit à la jeune femme en pinçant les lèvres.

— On dirait que Philip Holt est resté fidèle à la galerie Marshall. Ils nous invitent à venir admirer ses dernières œuvres. Même si cela doit réveiller le souvenir de notre cuisant échec, il faut absolument y aller.

Julia eut l'impression que le sol se dérobait sous ses pieds et elle se débattit pour ne pas sombrer dans le gouffre noir qui l'aspirait irrésistiblement.

12

Pendant les deux semaines qui précédèrent l'exposition de Philip Holt, Julia connut les affres de l'incertitude. Un jour, elle décidait de ne pas se rendre à San Francisco. A quoi bon souffrir inutilement de sa présence ? Mais, le lendemain, elle se persuadait que, pour clore ce chapitre de sa vie, il fallait qu'elle soit informée du sort de l'artiste.

Comment William n'avait-il pas deviné le déchirement dont Julia était victime ? Il savait pourtant qu'elle avait passé deux semaines avec le peintre. Mais, au grand étonnement de la jeune femme, il n'avait pas approfondi les résultats de leur première discussion. Après s'être heurté à son indifférence, peut-être jugeait-il impossible qu'elle ait cédé aux avances d'un autre homme ?

Céder était un mot bien faible. Elle s'était littéralement donnée à lui, en ne résistant pas une seconde à son charme.

Roland, lui, était beaucoup plus perspicace et, à force de gentillesse, il provoqua les confidences de la jeune femme.

— Il faut que vous y alliez. Tant que vous ne serez pas rassurée sur son compte, son souvenir vous hantera.

Il la prit doucement dans ses bras.

— Faites-le pour vous-même... et pour moi. Vous connaissez mes sentiments à votre égard.

— Oh ! Roland, je suis désolée.

Elle pressa sa joue contre celle du peintre mais il repoussa délicatement son visage pour déposer un baiser sur sa bouche.

Même dans ce moment d'infinie tendresse, elle ne put s'empêcher de songer à l'embrasement irrésistible qui s'était immédiatement emparé d'elle au contact des lèvres de Philip.

Elle essaya de lutter contre ces souvenirs en mettant dans son baiser toute la fougue dont elle était capable. Mais à quoi bon feindre ? Avait-elle le droit d'encourager les espoirs de son ami tant qu'elle ne se sentait pas prête à y répondre ? Il fallait qu'elle aille à San Francisco pour exorciser le sort que Philip lui avait jeté.

Deux jours avant l'exposition, une crainte irraisonnée s'empara d'elle. Et si le peintre était présent au vernissage ? Pourquoi n'avait-elle jamais envisagé cette éventualité ? Une frayeur indicible s'empara de la jeune femme et elle se précipita sur le téléphone pour composer le numéro de la galerie Marshall. Mais elle se ravisa aussitôt. Si ses craintes étaient confirmées, aurait-elle la force d'annuler un voyage qui lui paraissait maintenant vital ?

L'anxiété de Julia fut à son comble quand William l'informa qu'il ne pourrait l'accompagner. Une forte grippe le clouait au lit. Elle tenta désespérément de convaincre Roland de le remplacer à ses côtés.

Il la regarda longuement avant de lui répondre que rien ni personne ne pouvaient lui venir en aide.

Il fallait qu'elle affronte courageusement la situation.

Elle dut se ranger à ses raisons et se rendit seule à l'aéroport le lendemain matin.

Elle était pleine de bonnes résolutions, mais plus l'heure fatidique approchait, plus son angoisse grandissait. Elle passa l'après-midi à se tourmenter dans une chambre d'hôtel que William avait pris la précaution de réserver afin qu'elle ne soit pas obligée de prendre le dernier avion pour rentrer à Los Angeles. Le vernissage était prévu pour le soir. La jeune femme décida de tromper cette insupportable attente en se faisant monter une collation, mais elle fut incapable d'avaler quoi que ce soit. Elle décida donc de prendre une douche froide, puis enfila la robe de soie bleu-mauve qu'elle avait emportée avec elle. Une fois habillée, elle se souvint tout à coup qu'elle portait la même robe lors de sa première rencontre avec le peintre et elle se demanda si ce choix était bien judicieux.

Quand le taxi la déposa devant la galerie Marshall, elle était au comble de la nervosité. Pourquoi avait-elle commis la folie d'accepter cette invitation ?

Un autre taxi arriva et un couple en descendit. La jeune femme prit une profonde inspiration avant de sortir le carton de son sac et elle suivit le couple à l'intérieur du bâtiment brillamment éclairé. Elle s'enjoignit de se reprendre et entra dans la salle en arborant un sourire poli et réservé.

A son grand soulagement, la première pièce était déjà noire de monde. Il lui suffirait de se mêler à la foule, de s'acquitter rapidement de sa mission et de s'éclipser discrètement. Un serveur lui proposa une coupe de champagne. Elle en avala une gorgée pour se donner du courage et entreprit de s'intéresser aux toiles qui ornaient les murs.

La pièce était consacrée aux portraits de Philip.

Un examen attentif lui confirma que la réputation du peintre était largement justifiée. Mais elle n'était pas venue à San Francisco pour admirer ces tableaux déjà célèbres. L'invitation stipulait que les dernières œuvres de Holt seraient présentées et Julia espérait qu'elles le renseigneraient sur l'évolution actuelle de l'artiste.

Elle ouvrit une porte qui menait probablement à l'endroit où étaient exposées les œuvres en question, et pénétra dans la salle. C'est alors qu'elle le vit et la surprise qu'elle en éprouva lui arracha un petit cri d'étonnement.

Philip était juché sur un tabouret haut, et il était entouré d'une nuée d'admirateurs qui le pressaient de questions. Il était moins bronzé qu'autrefois, sa barbe était soigneusement taillée et, surtout, il portait des lunettes noires. La jeune femme préféra ne pas chercher à analyser ce détail insolite.

Elle se fraya un chemin dans la foule jusqu'à la pièce contiguë. Ainsi, il était là. Cette constatation faisait vibrer en elle les moindres fibres de son corps. Comme elle le pressentait déjà, le temps n'était pas venu à bout de l'amour que lui inspirait cet homme. Il n'avait fait que le lui rendre plus supportable.

Combien de temps resta-t-elle à fixer sans la voir la toile devant laquelle elle s'était arrêtée ? Progressivement, les commentaires des gens la tirèrent de sa distraction. Passée la première réaction de surprise, ils semblaient tous s'enthousiasmer pour la nouvelle technique du peintre.

Maintenant, chaque toile était encadrée avec soin, mais cela n'effaçait en rien le souvenir des émotions qu'elle avait ressenties ce fameux jour où elle les avait alignées le long du mur de la *bure.* Quand elle atteignit les tableaux que Philip avait réalisés pendant son séjour, une foule d'images surgirent à son esprit.

142

Elle croyait sentir le sable chaud sous son corps, elle revoyait le peintre en train de composer ces symphonies de couleurs. A nouveau, le soleil caressait son dos nu et les feuilles des palmiers se balançaient doucement au vent.

Mais soudain cette invitation au bonheur s'interrompit brutalement. Les deux toiles suivantes exprimaient une fureur sans mélange. Etait-ce l'état d'esprit qui avait suivi le départ de la jeune femme ? Julia passa bien vite au dernier tableau.

Bien qu'habilement disposées, les couleurs élémentaires ne rappelaient que de très loin la richesse d'inspiration qui caractérisait l'ensemble de l'œuvre. Pourquoi les organisateurs avaient-ils jugé utile d'exposer cette ébauche ?

Tout à coup, l'horrible réalité s'imposa à elle. L'acuité visuelle du peintre ne lui permettait plus de distinguer les teintes plus nuancées et cette dernière toile constituait son chant du cygne.

Elle détourna son visage, incapable de réprimer les larmes qui lui brûlaient les yeux. Ainsi Philip avait dû renoncer à la peinture... Comment sa sensibilité s'était-elle accommodée de cette horrible contrainte ?

Un groupe de personnes qui sortaient d'une autre pièce la détourna de ses réflexions amères. Ils échangeaient des commentaires élogieux sur ce qu'ils venaient d'admirer.

— Quel talent ! s'exclama une dame distinguée.

L'homme qui l'accompagnait acquiesça de la tête.

— Décidément, Philip Holt ne cessera jamais de nous surprendre !

Julia en déduisit qu'il devait s'agir d'œuvres de jeunesse encore inconnues du public. Elle s'était souvent demandé comment Philip en était arrivé à la maîtrise technique qui l'avait rendu célèbre et, mue par une curiosité soudaine, èlle se dirigea vers cette nouvelle salle.

Ce qu'elle y découvrit provoqua en elle un étonnement sans bornes. Les murs de la pièce étaient vides, mais trois socles en occupaient le centre, supportant chacun une magnifique sculpture habilement éclairée par des projecteurs qui en soulignaient les contours. Un sentiment de joie ineffable envahit la jeune femme ; ainsi, malgré ses récriminations, Philip s'était finalement décidé à suivre ses conseils !

La première sculpture représentait un couple enlacé. La femme était étendue sur le dos et l'homme, en appui sur ses avant-bras, se penchait sur elle pour l'embrasser. Chaque ligne de leurs corps, l'expression de leurs visages tendus l'un vers l'autre évoquaient une passion sans appel.

Une intuition bouleversante fulgura en elle : cette femme, c'était elle, et elle contemplait amoureusement Philip ! Les mains du peintre l'avaient inlassablement parcourue et ses doigts avaient gardé le souvenir de son corps au point de le magnifier en une superbe sculpture !

Julia s'arracha à la contemplation des contours harmonieux du bois et son regard se posa sur la sculpture suivante.

Il s'agissait d'un buste d'argile représentant une jeune femme qui souriait tendrement.

Julia y reconnut immédiatement ses propres traits. Comment Philip aurait-il pu restituer une telle expression s'il n'avait été sensible aux sentiments qu'elle éprouvait pour lui ? Elle s'était toujours reproché de ne pas lui avoir avoué qu'elle l'aimait, mais elle savait maintenant qu'il l'avait compris sans qu'elle ait eu besoin de le lui dire.

Elle se tourna vers le dernier ouvrage. Il s'agissait d'une représentation grandeur nature de Baylor, étudié dans la position caractéristique qu'il adoptait quand il attendait un ordre de son maître. La posture était si expressive que la jeune femme fut tentée de tendre la main pour le toucher.

— Wouah !

Bien sûr, ce joyeux aboiement ne provenait pas de la statue mais de Baylor lui-même.

— Voilà un bon moment qu'il m'a averti de votre arrivée, mais j'ai eu un mal fou à me débarrasser de tous ces gens.

— Philip !

— Je crois que nous avons pas mal de choses à nous dire...

Mais l'arrivée impromptue d'un groupe de curieux l'obligea à se taire et il fronça les sourcils.

— Venez ! Je crois que j'ai suffisamment rempli mes devoirs d'hôte pour aujourd'hui. Nous allons emprunter la sortie de secours.

Il lui tendit la main et avant que la jeune femme n'ait compris ce qu'il lui arrivait, ils étaient dehors. Il lui demanda d'appeler un taxi et attendit qu'ils fussent installés dans la voiture pour relâcher sa main, comme s'il craignait qu'elle ne lui échappât.

— A quel hôtel êtes-vous descendue ?

Elle le lui indiqua et il lança aussitôt l'adresse au chauffeur.

— Si cela ne vous dérange pas, nous nous y rendons directement. Dès que Marshall s'apercevra de ma disparition, il enverra quelqu'un chez moi et je ne veux pas être dérangé.

Moi non plus, pensa la jeune femme. Tant de questions lui brûlaient les lèvres. Cependant, maintenant qu'ils étaient assis épaule contre épaule, hanche contre hanche, les réponses qu'elle attendait de lui perdaient soudain de leur importance. L'enivrante proximité du peintre suscitait en elle une telle émotion qu'elle la privait de toute pensée cohérente.

Ils arrivèrent à l'hôtel et le réceptionniste ouvrit

de grands yeux en remarquant le gros chien noir qui les accompagnait ; mais il ne fit aucune remarque.

Julia ouvrit la porte et précéda Philip dans la pièce. Elle prit une profonde inspiration pour se ressaisir avant de l'affronter. Après tout, le temps lui aurait permis de surmonter la souffrance occasionnée par leur rupture... Allait-elle de nouveau s'exposer à son caractère fantasque ? Elle savait qu'elle ne se remettrait pas d'un deuxième échec.

Philip ne bougeait pas. Il attendait visiblement qu'elle lui indique un siège. A le voir ainsi désemparé, elle éprouva le désir soudain de se jeter dans ses bras, de se presser contre lui, de l'envelopper de sa tendresse et elle dut faire effort sur elle-même pour résister à cette tentation.

— Si vous voulez vous asseoir, il y a un fauteuil à votre droite.

— Vous ai-je donc fait tant de mal, Julia ? Tout ce que je peux invoquer pour ma défense, c'est que, moi aussi, j'ai terriblement souffert.

Elle ne répondit pas et il s'approcha du siège qu'elle lui avait désigné. Il s'assit, les coudes sur les genoux, le dos voûté et le visage tourné vers le sol, comme s'il cherchait ses mots.

— Ma conduite est impardonnable, se décida-t-il enfin à dire. Je ne suis pas fier du comportement que j'ai adopté le jour de votre départ, mais j'aimerais que vous en compreniez la raison.

Il releva la tête et, comme elle s'obstinait à demeurer silencieuse, il poursuivit :

— L'état de ma vue était stationnaire depuis un an environ. Mais, après la visite de William Cornell, j'ai constaté que mon mal s'était aggravé. Le jour de votre arrivée, j'étais au bord du désespoir. Je ne peux pas vous expliquer ce que j'ai ressenti après avoir passé la nuit avec vous. J'ai compris que j'avais un besoin vital de chaleur humaine. Je ne voulais pas profiter de la situation, mais vous étiez si tendre, si généreuse que je ne pouvais lutter contre cette coupable faiblesse qui m'attirait sans cesse vers vous. J'ai bien essayé de résister... Très vite, vos caresses me sont devenues indispensables. Elles m'aidaient à supporter le lourd fardeau dont m'accablait le destin.

Il se rejeta en arrière et poussa un profond soupir avant de poursuivre.

— Je n'oublierai jamais ce dernier après-midi sur la plage. C'est là que j'ai compris que je vous aimais.

Julia étouffa un cri. N'était-ce pas justement à cette occasion qu'elle avait pris conscience de l'étendue de son propre amour ? Mais alors, si la vérité était telle qu'il la dépeignait, pourquoi l'avoir rejetée ?

Son cœur était prêt à pardonner, mais le souvenir du chagrin qui avait été le sien après son départ l'empêcha de se lever de sa chaise pour se précipiter vers lui.

Philip ôta ses lunettes et les glissa dans la poche de sa veste. Il passa une main lasse sur ses yeux et poursuivit d'une voix sourde.

— Mais l'état de ma vue empirait et la perspective de votre absence inévitable rendait cette constatation plus insupportable encore. Comment pouvais-je vous retenir, qu'avais-je à vous offrir ? Qu'auriez-vous fait d'un Philip Holt inactif et désabusé ?

Il s'interrompit de nouveau et Julia comprit qu'il attendait qu'elle parle. Pourtant elle se sentait incapable de lui avouer les sentiments qui la submergeaient, les espoirs insensés qu'elle nourrissait sur leur avenir. Elle redoutait qu'un refus ne vienne briser ses belles aspirations.

— Vos sculptures sont remarquables.

Philip accepta cette diversion avec résignation.

— Je reconnais que j'ai eu beaucoup de plaisir à travailler le bois et l'argile. Connaissez-vous Sigler ? Je le considère comme un de nos plus grands

147

sculpteurs. Je lui ai écrit un mois après votre départ. Il a accepté de me recevoir dans son atelier de Newport beach. C'est un excellent professeur, bien qu'il soit un peu exigeant à mon goût. En tout cas, il m'a beaucoup appris et c'est à lui que je dois d'avoir affiné ma technique aussi rapidement.

Cette révélation laissa la jeune femme sans voix. Ainsi Philip avait-il quitté Yatiki un mois après elle et il résidait depuis à deux pas de son domicile ! Depuis tout ce temps, il n'avait même pas essayé de la joindre... Voilà qui en disait long sur son prétendu amour.

Un pesant silence s'installa entre eux. Philip se décida enfin à le rompre :

— Eh bien ! je ne voudrais pas abuser de votre temps. Merci quand même de m'avoir écouté.

Il se redressa mais on pouvait voir, à l'expression de son visage, la déception que lui procurait l'issue de cette entrevue.

La jeune femme s'effaça pour laisser passer le peintre, escorté de Baylor. Allait-elle le laisser disparaître à jamais de sa vie ? Pourquoi se refusait-elle à croire à sa sincérité ? Etait-ce pour se venger des souffrances qu'il lui avait infligées ? Elle le regarda se diriger tête basse vers la porte. Qui punissait-elle ainsi ? Tout ce temps passé à se morfondre dans une douloureuse solitude ne lui avait-il rien appris ?

— Philip !

Elle avait à peine chuchoté son nom tant l'émotion lui nouait la gorge.

— Cela ne fait rien, Julia, dit-il en cherchant à tâtons la poignée. Je comprends très bien que vous ne puissiez pas me pardonner. Mon stupide entêtement à vouloir vaincre tout seul l'adversité a gâché le bonheur que vous m'offriez si généreusement. Et maintenant, il est trop tard.

Julia retint son souffle. L'amertume profonde qui

148

inspirait ces paroles n'en rendait la signification que trop claire. Supposait-il qu'elle le rejetait à cause de sa vue défaillante ?

Elle fut gagnée de colère à l'idée qu'il pût croire de pareilles horreurs. Elle le rejoignit aussitôt et lui barra le passage.

— Philip Holt, vous devez avoir perdu la raison pour vous imaginer que je vais accepter de perdre pour la deuxième fois l'homme que j'aime.

Cette déclaration le fit chanceler. Il se tourna lentement vers elle puis il la prit dans ses bras et la serra de toutes ses forces contre lui.

— Oh ! Julia, Julia.

Cette exclamation retentit comme un cri de joie et d'amour. Des lèvres brûlantes parcoururent le visage de la jeune femme, se posèrent sur ses yeux, ses cheveux et ses joues baignées de larmes. Et, soudain, ils se mirent à rire de bonheur et s'embrassèrent enfin.

Comme par magie, leurs vêtements tombèrent un à un et ils se retrouvèrent nus sur le lit, serrés l'un contre l'autre, mus par un désir impérieux que de longs mois de séparation décuplaient encore.

Ils se prodiguèrent des caresses fiévreuses comme s'ils voulaient rattraper le temps perdu, nier l'intermède qui avait compromis leur union. Sous les doigts habiles qui exploraient ses formes rondes, insufflant le plaisir à chaque parcelle de sa peau, Julia renaissait à la vie. Ses propres mains redécouvraient le peintre, elles appréciaient le dessin de son corps harmonieux et puissant, tandis que les souvenirs s'estompaient un à un pour se muer en une réalité merveilleuse. Pourrait-elle jamais se rassasier de son odeur enivrante, du goût légèrement salé de sa peau ? Comment ai-je pu vivre sans lui ? se demanda-t-elle dans un éclair de lucidité. Puis un déferlement de sensualité submergea sa raison. Elle voulait ne plus faire qu'un avec lui, elle le garderait à ses côtés pour toujours. Alors, avec une infinie tendresse, elle s'offrit à lui. Il accepta ce don avec reconnaissance et la conduisit à l'extase. Longtemps, ils différèrent le moment de jouissance éperdue qui les séparerait provisoirement. Puis, ils se rassemblèrent au plus profond de leur être et se crièrent l'un à l'autre leur amour.

Etroitement enlacés, ils attendirent un instant de recouvrer leurs esprits. Puis Philip déclara :

— J'ai tellement rêvé de ce moment que j'ai bien cru devenir fou. Pour préserver ma raison défaillante, je tentais désespérément de me raccrocher aux paroles de Serina, mais je me demandais parfois si elle n'essayait pas simplement de me consoler.

— Serina ?

— Après votre départ, j'ai passé un bon mois à me lamenter sur mon sort. Un jour Serina en a eu assez de me voir dans cet état et m'a dit ce qu'elle pensait de moi. Elle affirmait que j'étais un sot de vous avoir laissée partir, une brute de vous avoir fait souffrir ; elle prétendait que j'étais le seul à ne pas avoir compris que vous m'aimiez et que, s'il me restait un gramme de bon sens, ce dont elle doutait fort, je vous rejoindrais sans tarder.

Il s'écarta de la jeune femme et rejeta la tête sur l'oreiller avant de poursuivre :

— J'ai longuement médité ces sages paroles. Effectivement, je doutais de votre amour parce que vous ne me l'aviez jamais avoué. Mais les paroles de Serina m'ont redonné courage. Et puis j'ai repensé à ce que vous aviez dit de mon pouvoir d'adaptation. J'ai décidé de suivre vos conseils. Il m'a fallu du temps pour m'assurer que la sculpture me convenait. Quand j'en ai eu acquis la certitude, j'ai organisé cette exposition et j'ai fait en sorte qu'on vous envoie des invitations. Et vous êtes tombée dans mon piège.

Il se redressa sur un coude et lui adressa un sourire malicieux.

— Et si j'avais refusé de venir ? demanda-t-elle d'un ton taquin.

— Je serais venu vous chercher. Ma bêtise a tout de même des limites !

Il posa ses lèvres sur la bouche de Julia.

— Où passerons-nous notre lune de miel ? murmura-t-il d'une voix rauque d'émotion.

La jeune femme songea soudain aux conséquences incalculables et merveilleuses d'un mariage avec lui. Même à l'époque où elle était étudiante et où il aurait été plus commode pour elle de partager un appartement avec des amis, elle s'y était obstinément refusée tant son besoin d'indépendance était grand. Mais, depuis qu'elle avait rencontré Philip, sa solitude lui paraissait complètement inutile. Elle rêvait d'habiter avec lui. D'ailleurs ne lui avait-elle pas inconsciemment réservé une place dans sa maison ? Et voilà qu'il lui offrait beaucoup plus, qu'il lui demandait de partager sa vie. Le trouble la fit pleurer de bonheur, et, tremblante, elle se blottit contre lui.

Elle effleura le front de Philip comme pour en effacer les plis que l'appréhension y dessinait.

— Pour répondre à votre question, que pensez-vous des îles Fidji ?

Il poussa un cri de joie et l'embrassa avec ferveur. Pendant un court instant, Julia souhaita être déjà dans leur *bure* pour retrouver le lieu de leur bonheur passé. Mais, bien vite, les baisers de Philip la ramenèrent au présent.

Qu'importait le pays, pourvu qu'elle sente contre son corps la chaleur de cet homme qui l'entraînait à nouveau dans un tourbillon merveilleux de plaisir et d'amour !

Ce livre de la *Série Désir* vous a plu. Découvrez les autres séries Duo qui vous enchanteront.

Romance, c'est la série tendre, la série du rêve et du merveilleux. C'est l'émotion, les paysages magnifiques, les sentiments troublants.
Romance, c'est un moment de bonheur.

Série Romance : 6 nouveaux titres par mois.

Harmonie vous entraîne dans les tourbillons d'une aventure pleine de péripéties.
Harmonie, ce sont 224 pages de surprises et d'amour, pour faire durer votre plaisir.

Série Harmonie : 4 nouveaux titres par mois.

Amour vous raconte le destin de couples exceptionnels, unis par un amour profond et déchirés par de soudaines tempêtes.
Amour vous passionnera, *Amour* vous étonnera.

Série Amour : 4 nouveaux titres par mois.

Série Désir : 6 nouveaux titres par mois.

Duo

Série Désir

Duo

Série Désir

Ce mois-ci

Duo Série Amour

Duo Série Romance

Duo Série Harmonie

Achevé d'imprimer sur les presses de l'Imprimerie Bussière
à Saint-Amand-Montrond (Cher)
le 12 décembre 1984. ISBN : 2-277-85092-5. ISSN : 0760-3606
N° 2561. Dépôt légal : décembre 1984. Imprimé en France

Collections Duo
27, rue Cassette   75006 Paris
diffusion France et étranger : Flammarion